書下ろし

俺の女社長

草凪 優

祥伝社文庫

目次

第一章　夢の時間

1

「高めの女」が好きである。

昔からそうだった。

丸《まる》の内《うち》を闊歩《かっぽ》するキャリアウーマンでも、六本木《ろっぽんぎ》で伝説をつくった夜の蝶でも、学園のマドンナ教師でもいいが、三上真次郎《みかみしんじろう》はそういうタイプに憧れていた。もちろん、たいていの男がそうであるように、高めの女には相手にされないまま、やらせてくれそうな女ばかりを口説《くど》いていて、それが二十九年間の人生における恋愛経験のすべてと言っていい。男にとって大切なのはやらせてくれる女であり、絵に描いた餅《もち》ではない。

しかし……。

いま目の前にいるのは、まぎれもなく高めの女だった。

白石麻理江《しらいしまりえ》、二十二歳。このS市でもっとも高級店が揃《そろ》っている繁華街の、とびきり格式が高いクラブで働いているホステスだ。二十二歳と言えばまだ女子大生のお年ごろだが、くるくるとカールした巻き髪に飾られた瓜実顔《うりざねがお》は大人びて、天賦《てんぷ》の才をもつ彫刻家が鑿《のみ》を振るったような芸術的な眼鼻立ちをしている。そして、光沢《こうたく》のあるワインレッドのドレスに包まれた体は息を呑むほど肉感的だ。バストにもヒップにも異常なほどボリュームがあり、谷間の深い胸元やスリットからのぞいた太腿《ふともも》は、正視すれば悩殺されること確実である。

「喉が……渇《かわ》いたな……」

三上がポツリと言うと、麻理江はそそくさと冷蔵庫からビールを出し、グラスに注いで渡してくれた。ソファの隣に腰かけ、濡れた瞳を向けてきた。彼女の視線を意識しながらビールを飲むと、味がまったくわからなかった。

ここはクラブのボックス席ではない。

ホテルの一室だ。

最近完成したばかりのシティリゾートホテルで、地上二十階のゴージャスな建物である。人口五十万人のS市の中では群を抜く高層ビルであり、完成した瞬間、街いちばんのランドマークとなった。

室内のムードもいい。ゆったりした空間に配置された、キングサイズのベッドと長いソファ。大きな窓からは、街の夜景を見渡せる。

なぜそんな特別な場所で、高級クラブのホステスとふたりきりになっているのか、三上は考えないことにした。ラグジュアリーな部屋の雰囲気《ふんいき》や、ここに来る前にしこたま飲んだ高級ウイスキーの酔い、そしてなにより、美しくエロティックな麻理江の艶《あで》やかな存在感が、思考回路をショートさせた。

よけいなことを考えずに、ただ楽しめばいい……。

どこからか天の声が聞こえてくるようだった。三上はいままで、神も仏も信じたことがなかったけれど、今夜ばかりはその声に素直に従わせてもらうことにする。

麻理江を見た。

見つめ返され、視線と視線がからみあった。

「シャワー使いますか?」

甘くささやかれた。

三上は微笑を浮かべて首を横に振った。愚《おろ》かな質問だった。ワインレッドのドレスに包まれた麻理江の体からは、麝香《じゃこう》の匂いが漂ってきた。ただの香水の匂いではない。シャネルやブルガリに行っても、この匂いは買うことができない。贅《ぜい》を尽くしたブランドものの香水と、彼女自身の体臭が混じりあって、世界でひとつしかないスペシャルなパフュームになっているのだ。それをシャワーで洗い流してしまうなんて、愚行《ぐこう》以外のなにものでもない。

手を伸ばし、抱き寄せた。ボリューミーな麻理江の体は、女らしい丸みと柔らかさに満ちていた。裸に剝《む》き、正常位で貫いたときのことを想像した瞬間、三上のイチモツはズボンの中で痛いくらいに勃起《ぼっき》した。

「……ぅんんっ！」

赤くぽってりした唇に吸い寄せられるようにして、キスをした。美人のくせに、麻理江は自分から舌を差しだし、積極的にからめてきた。甘酸っぱい吐息の匂いが、香水の匂いに負けず劣《おと》らず魅力的で、幻惑されてしまう。音がたつほど激しく舌をからめあわせ、唾液に糸を引かせる。キスだけでこれほど夢中になったのは、いったいいつ以来のことだろうか。

唾液と唾液を交換しながら、胸のふくらみに手を伸ばしていった。片手ではとてもつかみきれない大きさで、Gカップはゆうにある。撫《な》でまわすと、うっとりした。手のひらが汗ばんでいくのがはっきりとわかり、ドレスを汚してしまいそうで申し訳なかったけれど、指を食いこませて揉《も》みしだいてしまう。

「んんんっ……」

麻理江は口づけをしながら、せつなげに眉根《まゆね》を寄せていった。息がはずみだしていた。見かけ倒しではなく、感度もいいらしい。

だが、脱《ぬ》がそうとすると、するりと腕の中から抜けだしていき、三上の足元にしゃがみこんだ。慣れた動きだった。鍛《きた》え抜かれた動きと言ったほうが正確かもしれない。

まずは殿方にサービス、というわりだ。

ズボンのボタンをはずされ、ファスナーをさげられると、麻理江は上目遣いを向けてきた。脱がせてあげるから腰を浮かせて、と言いたいらしい。

三上は思いきって立ちあがった。仁王《におう》立ちになった腰から、ズボンをおろされ、ブリーフをめくられた。

勃起しきった男根が、唸《うな》りをあげて反《そ》り返った。

我ながら、恥ずかしくなるほどいきり勃《た》ち、浅ましいくらい先走り液をしたたらせていた。

それもそのはずだった。

麻理江の美しい顔と、おのが男根のツーショットを眺めていても、これが現実のこととは思えない。これほど綺麗な女が、自分のものを舐《な》めてくれると思うと、現実感を失くしてしまいそうになる。

麻理江は白魚《しらうお》の手を躍《おど》らせ、男根の根元にそっと添えた。手つきもいやらしくこすりたてながら、上目遣いで見つめてきた。

「ああん、とっても硬い……」

ウィスパーボイスでささやく。

「こんなに硬いのしゃぶったら、それだけで濡れちゃいそう……」

瞳を淫《みだ》らなほど潤ませて、ピンク色の舌を差しだした。鬼の形相《ぎょうそう》で膨張《ぼうちょう》している亀頭を、ねろり、ねろり、と舐めまわしてきた。

「むううっ……」

三上は大きく息を呑んだ。首に筋を浮かべて伸びあがると、火がついたように顔の中心が熱くなっていった。

2

三上は二十九歳のサラリーマンだ。

〈鶴組《つるぐみ》〉という建築会社の経理部に勤《つと》めている。中央ではほぼ無名だが、〈鶴組〉はS市の中では最大手の建築会社で、ローカル番組にCMをよく打っているから、地元ではよく知られた存在である。

Ｓ市における合コンでモテる肩書きを調査すれば、公務員、電力会社に次《つ》いで、おそらく三番目に数えられるだろう。独身時代は、三上もそこそこモテた。容姿は凡庸《ぼんよう》だし、冴《さ》えたトークができるわけでもないので、〈鶴組〉という看板のおかげに違いなかった。

ただ、合コンではしゃいでいたのは、もう昔の話だ。一年前に結婚した。盛大な式を挙げ、マイホームも建てたので、同世代の中では、すっかり勝ち組になった気分だった。

しかし最近、〈鶴組〉の社内に不穏《ふおん》な空気が流れている。派閥《はばつ》争いのせいだ。

三上が結婚してすぐのことだったが、先代の二代目社長が五十代の若さで急逝《きゅうせい》した。社内が動揺する中、創業者一族が三代目に指名したのが、二代目のひとり娘だった。当時、まだ二十九歳だった。

おかげで、それまで一枚岩だった社内の人間関係はまっぷたつに割れた。二代目社長が盤石《ばんじゃく》な経営をできた背景には、その右腕として辣腕《らつわん》を振るっていた副社長、柳田高広《やなぎだたかひろ》の存在があった。三代目の椅子《いす》に座るのは、誰もが柳田だと思っていた。もちろん、本人だってそう思っていただろう。

そこに突然、若い娘が現れて社長の椅子をさらっていってしまったのだから、取り巻きたちは青ざめたらしい。柳田は激怒のあまり、副社長室のデスクをひっくり返したとまことしやかに伝えられているが、表向きには「全力で新社長を支える」と公言していたので、大きな騒ぎにはならなかった。

問題の新社長——鶴谷愛子《つるやあいこ》は美人だった。

それも並みの美人ではない。

黒髪のベリィショートに白い小顔、きりりとした切れ長の眼に、筋の通った高い鼻、意志が強そうに引き結ばれた口許《くちもと》をした、最高級の「高めの女」だった。服装はいつも濃紺かグレイのパンツスーツで、背が高い彼女がハイヒールを鳴らして廊下を歩いていると、振り返らない男はいない。見た目だけではなく、口調や物腰も洗練されており、地方の建築会社にはまるで似つかわしくないほどの麗《うるわ》しさに、最初は社内の誰もが感嘆の溜息《ためいき》をついた。

だが、それだけだった。

いくら容姿《ようし》が素晴らしくても、彼女に与えられた役割は女優ではないのである。問われるべきは経営手腕だったが、鶴谷愛子には業界で働いた経験がなかった。東京の女子大を卒業後、留学先のアメリカ東海岸でボランティア活動に目覚《めざ》め、現地のNPO法人に勤めていたらしいが、建築会社は営利団体である。ボランティア精神など発揮《はっき》されたら、二百人以上いる社員とその家族、数多く抱えている下請《したう》け企業の人間が路頭に迷ってしまう。役員の中には公然と愛子に反旗を翻《ひるがえ》し、柳田を新社長に立てるべきだと主張する者もいた。一般の社員の中でも、とくに中高年層には、愛子のごとき若い娘がトップでは頼りないという意見が蔓延《まんえん》し、「柳田派閥」は次第《しだい》に社内で存在感を増していった。

柳田は現場から叩きあげた苦労人で、清濁併《せいだくあわ》せのむ器量をもった親分肌の男だった。社内での人望も厚ければ、社外での人脈も太く、経営手腕という観点からも、キャラクター的に考えても、建築会社のトップに立つのに、これ以上相応《ふさわ》しい人物はいないように思われた。

しかし、その一方で愛子を支持する声も小さいわけではなかった。

とくに若い世代には、男女問わず評判がよかった。容姿が素晴らしいからではなく、愛子に清廉《せいれん》なムードがあるからだった。市で最大手の建築会社となれば、やっかみも含めて、談合や収賄《しゅうわい》などの噂《うわさ》が絶《た》えない。逮捕者が出たわけでもないのに、ダーティなイメージが払拭《ふっしょく》できない。

ところが、愛子が社長に就任した途端《とたん》、地元メディアが「NPO出身のクリーンな若き女性社長」という感じでとりあげてくれたので、〈鶴組〉のイメージはずいぶんよくなったのだ。若い世代はそういうことに敏感だった。もちろん、社長が若返れば、若い自分たちにもチャンスが舞いこむかもしれないという、期待もあってのことだろう。

二十九歳の三上は、若い世代に分類される。

しかし、社内の派閥争いにはまったく興味がなかった。そもそも出世欲が皆無《かいむ》だったし、総理大臣と同じで、社長など誰がやっても同じようなものだろうと考えていた。言ってみれば典型的なノンポリシー、その日その日を楽しく生きていければいいと思っている能天気な男なのである。

だいたい、愛子が新社長に就任した一年前は、新婚ホヤホヤだった。海が見えるチャペルで式を挙げ、新婚旅行では沖縄でスキューバ三昧《ざんまい》の日々を送り、マイホームまで構えて幸せの絶頂にいたのである。

ランチタイムに、真面目《まじめ》な同僚が社内の不穏な空気について声をひそめて話しはじめても、新妻がつくってくれた手づくり弁当の蓋《ふた》を開けてニヤニヤしていた。愛子と柳田、どちらが派閥争いに勝とうとも、ヒラリーマンの自分たちの生活が劇的に変化するわけがない。人生における幸福とは、社内の派閥争いに興味を示すより、ハート形のハンバーグが入った新妻の手づくり弁当にあると確信していた。

ところが……。

つい二週間前、そうも言っていられない大事件が起こった。

新婚当時は手づくり弁当を見るだけでニヤニヤし、残業を断って早々に帰宅していた三上だが、一年もするといささか飽きてきた。夫婦生活も毎晩のように営《いとな》んでいたせいでマンネリに陥《おちい》り、新鮮さがまるでなくなってしまった。

そこで、夜遊びを再開することにした。誓《ちか》って言うが、新婚生活に刺激を送りこむため、よそ見をしてみることにしたのだ。行きがかり上ベッドインしてしまっても、それはあくまで夫婦生活マンネリ打破のため。妻に対する愛情がなくなったわけではないし、家庭を壊すつもりだって毛頭なかった。

独身時代は合コンに目がなかった三上だが、さすがに妻帯者になってまで合コンはまずいだろうと思い、激安キャバクラに突撃した。残念な女が隣に座ってきたなら、それはそれでよかった。目的はあくまで夫婦生活を盛りあげることなのだ。こんな女を必死に口説くくらいなら、家に帰ってカミさん孝行したほうがマシだと思えたなら、目的は果《は》たされたことになる。

だが、そういう無欲のときに限って、運命の出会いが訪れるから人生はわからない。

高校を卒業したばかりという、ピチピチした十八歳が隣に座った。エリという名前だった。とびきり美人ではないけれど、一時間二千円の店とは思えないほど可愛《かわい》かった。男心をくすぐる癒《い》やし系の笑顔の持ち主なうえ、ドレスがはちきれそうなほど胸が大きい。巨乳は女の七難を隠す。エリはぼんやりした天然で、話をしていてもまるで面白くなかったが、たわわに実った巨乳を拝《おが》むために三上は毎晩彼女の元に通いつめることになった。

キャバクラで働きだしたばかりというエリは隙《すき》だらけで、一週間通いつめたのちにアフターに誘ったら、あっさりついてきた。未成年なので店ではアルコールを口にしない彼女だが、焼肉屋に連れていくと、うわばみの本性を現した。ビール、マッコリ、焼酎《しょうちゅう》と浴びるように飲み、酔えば年に似合わないエロエロなムードを放ちはじめ、三上は内心でガッツポーズをつくった。

S市の市街地にはラブホテルがなく、女と秘密の時間を過ごすためにはクルマでしばらく走らなければならない。準備に抜かりはなかった。焼肉屋に程近いコインパーキングに愛車を停めてあった。

十年落ちのラパンの助手席にエリを乗せると、口づけを交わした。唾液と唾液を交換するようなディープキスを楽しみ、ドレスの上から巨乳を撫でたり、太腿を揉みしだいたり、ひとしきりイチャイチャしてから、エンジンをかけた。三上は痛いくらいに勃起していた。脳味噌《のうみそ》は興奮とアルコールで煮えたぎっていた。おかげで、アクセルを勢いよく踏みすぎてしまい、パーキングの前を通りかかったライトバンの横っ腹に思いきり衝突してしまった。

ガシャンという衝撃音が、すべてが終わる音に聞こえた。

飲酒運転なうえ、隣の未成年にも酒を飲ませている。免許取り消し、多大な罰金、そこまではまだいいとしても、会社に通報され、妻にも知られたら、身の破滅である。

「おいっ、なにやってんだっ！」

ライトバンから飛びだしてきた運転手は、鬼の形相で怒り狂っており、有無を言わさず警察を呼ばれた。飲酒運転がバレ、エリと一緒にパトカーで連行された。身の破滅はもはや、確定したようなものだった。取調室で若い警官に罵声《ばせい》を浴びせられながらも放心状態で、絶望ばかりを噛《か》みしめていた。

しかし……。

取り調べが始まって二時間くらい経《た》ったころ、偉い立場と思われる人が入ってきて、唐突に取り調べは終わった。若い警官は納得いかない表情で退去していき、かわりに入ってきたのが柳田だった。

「なにも言わんでいい。今日のところは帰りたまえ。彼女のことをしっかりタクシーで送っていくんだぞ」

柳田は柔和《にゅうわ》な笑顔でそれだけ言うと、呆然《ぼうぜん》としている三上を取調室の外に出した。いったいなにが起こったのかわからなかった。警察からお咎《とが》めなしで帰ることができ、免許証の点数を引かれたり、罰金を科せられることもなかった。

　翌日、副社長室に呼びだされた。

「キミ、羽目《はめ》をはずすのもいいが、限度を知らんといかんよ」

　応接席で相対した柳田は、どこか楽しげだった。

「あそこの署長とはツーカーの仲だったから助かったが、普通なら起訴されて懲戒《ちょうかい》免職もんだぞ。だいたい、まだ新婚だっていうじゃないか。未成年のキャバ嬢に酒なんか飲ませて、バレたら嫁から三行半《みくだりはん》だろう」

「……すいません」

　三上は深くうなだれるしかなかった。署長とツーカーということは、事件そのものを揉み消してくれたのだ。顔もよく知らない一社員に対しそこまでやってくれるとは、感激よりも驚きのほうが大きかった。

「反省して、しばらく禁酒したまえ」

「はい」

「次に飲むときは、僕と一緒に飲もう」

「……へっ？」

「酒と女が好きなんだろう？」

　柳田はニヤリと笑った。

「最近の若いもんは、草食系だなんて言って、酒も飲まなさゃ、女遊びもしないからな。家でゲームばっかりやってるようじゃ先は知れてる。その点、キミは見所がある。まあ、飲酒運転はやりすぎだがな」

「……すいません」

「まあ、とにかく今度一緒に飲もう。いい女がいる店で、うまい酒を飲ませてやる。だからそれまで禁酒していたまえ」

「本当にすみませんでした」

　三上はしつこいほど頭をさげてから、副社長室をあとにした。酒席への誘いは、単なるリップサービスだと思った。

3

　しかし、それから二週間後の今日、柳田は本当に誘ってきた。

　内線が入り、午後八時に新町《しんまち》の〈波瑠《はる》〉に来るように言われた。

　受話器を置く三上の手は震えていた。

新町といえば高級クラブばかりが集まっているところで、中でも〈波瑠〉は東京並みに高額な料金であることで知られている。噂によれば座っただけで五万とか。エリの働いている激安キャバクラなら二十五時間飲みつづけられる額であり、自分のようなヒラリーマンには一生縁のないところだと思っていた。

副社長がそこに来いという。

いったいなんの用事があるというのだろう？

この二週間、柳田がなぜ自分のような男を助けてくれたのか、三上はずっと考えていた。どう考えても、メリットはない。あるとすれば、社名に傷がつかないことくらいだ。

もちろんそれは、小さな地方都市では重要なことだった。たとえ平社員とはいえ、〈鶴組〉の看板を背負《せお》っている。飲酒運転で事故を起こし、未成年に酒を飲ませていたとなれば、社員教育がなってないと糾弾《きゅうだん》される。噂というものは尾ひれがつくから、商談にどんな悪影響があるかわからない。

しかし、それが理由であるならば、柳田はもっと怒っていいはずだった。警察沙汰《ざた》にしなかったかわりに、地方の現場へ左遷《させん》させられることだって考えられる。もちろん、左遷されても文句は言えない。

なのに、柳田は高級クラブに誘ってきた。

わけがわからない。

混乱と緊張に震えながら、午後八時、〈波瑠〉に足を踏み入れた。黒服に通されたのは奥にある個室、ＶＩＰルームだった。柳田が待っていた。ワインレッド、ゴールドイエロー、ヴァイオレットブルー、色とりどりのドレスに身を包んだ、艶やかな美女たちに囲まれて……。

「どうぞ」

黒服に椅子を引かれ、三上はおずおずと腰をおろした。

「お飲み物はなににいたしますか？」

ホステスのひとりが如才《じょさい》ない笑顔で訊《たず》ねてくる。水割りと告《つ》げると、それをつくりだした。一連の作業が淀《よど》みなく流れていて、三上だけがギクシャクしていた。柳田にうながされて乾杯した。高い酒に決まっているが、緊張のあまり味などまるでわからなかった。

水割りを一杯飲みおわらないうちに、

「じゃあ、キミたちはまた後で……」

柳田は女たちにさがるように命じた。人払いというやつである。柳田とふたりきりになると緊張感がいや増して、体が小刻《こきざ》みに震えだした。

「こういう店は初めてだろう？」

柳田が微笑を浮かべて訊ねてくる。

三上はうなずいた。

「若いときには必要がない店だよな。無闇に高い。酒屋に行けば一本一万円で買えるウイスキーが七、八万もする。席代だってべらぼうだ。馬鹿馬鹿しいと言えば馬鹿馬鹿しいよな」

「いえ……」

三上は顔をこわばらせ、曖昧《あいまい》に首をかしげることしかできなかった。

「馬鹿馬鹿しいよ、実際。普通に考えたらとんでもない額を請求される。この景気の悪い中、経理だっていい顔しない？　そうだろ？」

「ええ、まあ……」

三上には、なんとなく今夜呼びだされた理由がわかりかけてきた。いまの経理部長は経費節減を金科玉条のように口にしている、ケチくさい男だった。高級クラブの請求書をまわせば、なるほどいい顔はしないだろう。そこで三上に、経理部の内部事情を質《ただ》したかったのではないだろうか。

「念のため言っておくが、僕はこの店の経費を落とすために、キミを呼びつけたわけじゃないぜ。そんなせこい話がしたいわけじゃない」

柳田は笑った。

「ただね、まず知っておいてもらいたいのは、こういう店の一見無駄に見える接待にもそれなりに意味があるっていうことだ。キミのあやまちを揉み消してくれた署長とも、この店で昵懇《じっこん》の仲になった。署長だけじゃない。市議会議員や街の有力者、数えあげればきりがないよ。おかげで僕は、将来のある若い社員の身を守ることができた。いささかダーティなやり方かもしれないが、クルマをぶつけた相手にも、過分な金を渡してある。誰も損をしていない」

「いや、すいません……ホント、なんてお礼を言っていいか……」

三上がもごもごと言うと、

「礼なんて必要ない」

柳田はぴしゃりと言った。

「よく考えてほしいだけだよ。経理部長は経費を節減しろと言う。後押ししているのは三代目社長だ。金の流れをガラス張りにしましょうなどとわけがわからんことを言いだしている。ＮＰＯ法人ならそれでいいかもしれないが、それじゃあ土建屋は務まらない。我々には表沙汰にできない金も必要なんだ。こういう店で飲む金だけじゃない。たとえば一千万の金を使っても、それが十億になって会社に戻ってくることだってある」

賄賂《わいろ》のことを言っているのだろうか、と三上は身構えた。一介の社員に真相など知り得ることはできないが、〈鶴組〉にはよくない噂がいろいろとある。公共事業を多く請け負っているからだ。社員はみな、薄々勘づいていながら深く考えないようにしている。役人との癒着《ゆちゃく》はどの土地にもあることだから、水面下では当然そういうこともあるだろうとスルーしている。

「キミにはもうわかっているだろう?」

柳田が意味ありげに声をひそめた。

「馬鹿正直に生きていくほうがいいか、いささかやり方は汚くても、誰も損をしないなら揉み消してしまうほうがいいか」

「あのう……」

三上は勇気を振りしぼって言った。

「難しい話はよくわからないので、はっきり言っていただけないでしょうか。僕は副社長のおかげで、命拾いしました。あのとき助けていただけなければ、会社は馘《くび》、嫁には出ていかれて、目もあてられないことになっていたでしょう。三十五年もローンが残ったマイホームでひとり暮らし……考えただけでゾッとします。だから……だからその、副社長のお役に立てることがあるなら……こんな僕でもご恩が返せるっていうなら、どんなことでもさせていただきます」

派閥に入れと言われれば、黙って入るつもりだった。ただ、自分のような人間が入ったところで、役に立てそうにないのが残念なところだ。

「キミは思っていたより頭のいい男のようだね」

柳田はグラスに残っていた水割りを一気に飲み干《ほ》した。

「なら、ざっくばらんに言わせてもらうが、僕はもう我慢《がまん》の限界なんだよ。右も左もわからない若いお嬢ちゃんの子守をしているのに疲れ果ててしまった。いい加減、社長の椅子を譲《ゆず》ってもらわないと、会社の先行きも暗い。あと一年、彼女に経営を任せておいたら、待っているのはボーナスカット、給料カット、そして大幅な人員削除だよ。リストラだ。なぜか？　業績がさがっているからだ。業績をあげるためのインサイドソークを、彼女が認めないからだ。挙《あ》げ句《く》の果てには公共事業から手を引いて、個人宅のリフォーム業に経営の軸足を移していきたいなんて寝言まで言いだした。おまけに……おまけにというか、あんなお嬢ちゃんを二代目に推した創業者一族は、言わずもがなでボンクラ揃いだ。あんな連中をのさばらしておいたら、我が社の将来は真っ暗闇だよ」

興奮を収めるためだろう、柳田はグラスに水を注いで飲んだ。しばらくの間、虚空《こくう》の一点を睨《にら》んで唇を震わせていた。その様子を、三上は固唾《かたず》を呑んで見守っていた。会社の業績がさがっているのは知っていたが、そこまでシリアスな状況になっているとは思っていなかった。

「三上くん……」

柳田が声音をあたためて言った。

「キミにひとつ、頼みがある。秘密裏に、鶴谷愛子の弱味をつかんでくれないかね。明日から、社外での動きを逐一《ちくいち》監視し、なんでもいいから失脚の突破口を見つけるんだ。彼女の強味は創業者一族であることと、清廉潔白なイメージがあることだ。だが、見えないところまで清廉潔白な人間なんていやしない。かならずなにかある。実体のないイメージさえ崩してしまえば、彼女を追い落とすのなんて簡単な話だ。元より経営はド素人なんだからね。そうだろう？　やってもらえるよね？」

柳田が眼光鋭く見つめてくる。三上も見つめ返す。

「わかりました」

三上は力強くうなずいた。どういうわけか、足元からやる気がこみあげてきた。

「副社長のお役に立てるなら、この三上真次郎、全力をあげて鶴谷愛子の弱味をつかんでみせます。早速明日の通勤時から、尾行を開始いたします」

「そうか」

柳田の顔が明るく輝いた。

「キミが話のわかる男でよかった。汚れ仕事に身をやつすからといって、心配する必要はないよ。むしろ出世コースに乗ったつもりになればいい。いまはまだ紹介できないが、僕にはたくさんの味方がいる。キミはもう、僕の派閥に入ったも同然だ。そして僕は、いずれ社長になる。キミには功労者として、それなりのポストを用意させてもらう」

「いや、そんな……僕はただ、副社長にこの前のご恩をお返ししたいだけで……」

三上が苦笑まじりに頭をかくと、

「ハハッ、無欲じゃ豊かな人生は送れないぞ」

柳田は笑顔でテーブルに備えつけられているベルを鳴らした。色とりどりの夜の蝶が、個室に戻ってきた。美女の威力は強烈で、それまでシリアスだった部屋の空気が一瞬にして華やいだ。

「僕はね、酒と女が嫌いな男は信用しないんだ」

ホステスがつくり直した水割りを片手に、柳田は言った。

「だってそうだろう？　男に生まれてきて、酒と女を愛せない人生ほどつまらんものはない。道を踏み外さない程度に愛せばいい」

「僕は道を踏み外しそうになりましたが……」

三上が自虐《じぎゃく》的に苦笑すると、

「いいか……」

柳田が耳打ちしてきた。

「適当に酒を楽しんだら、好きな女を連れて帰っていいからな。話はついてる。女に任せておけば、気の利《き》いたホテルにつれていってくれるから、思いきり抱いてやれ」

「いや、あの……僕には新婚一年の嫁が……」

「なにも心配することはない」

柳田が皆まで言うなという顔で制してきた。

「この店の女なら、カミさんにバレる心配はゼロだ。ハハッ、僕はなにも一穴主義の堅物《かたぶつ》じゃないぜ。浮気も男の甲斐性《かいしょう》という、ごくまっとうなポリシーの持ち主だ。たまに外でつまみ食いしたほうが、カミさんを抱くのも新鮮になっていいもんだよな、こっちがハッスルすりゃ、カミさんだって悦《よろこ》ぶ。ウィン・ウィンってわけだ。今夜は好きなタイプと存分に楽しんだらいい」

三上の顔はさすがにひきつった。ＶＩＰルームには三人の女がいたが、三人が三人ともトップクラスの「高めの女」で、枕営業をするタイプにはまったく見えなかった。

4

三上が選んだのはワインレッドのドレスを着た白石麻理江だった。

「もしよかったら、このあと付き合ってもらえますか？」

半信半疑で耳打ちすると、麻理江は顔色を変えずにうなずき、街いちばんのホテルまでエスコートしてくれた。店の裏口から出て、店のクルマでホテルまで移動し、麻理江はいつの間にかカード式のキーを持っていて、フロントを通らず地下駐車場にあるエレベーターから部屋に向かった。

まるでお忍びで女遊びに興じるＶＩＰのような扱いだった。

「心配しなくていい」と柳田は言っていた。なるほど、このやり方なら、人に見つかることがなく、女とふたりきりになれる。狭い街なのでその点は気をつけなければならなかったが、もし見つかっても、店ぐるみ、ホテルぐるみで、事実を隠蔽《いんぺい》してくれるのだろう。

とはいえ、なにも心配せずにいるというのも、無理な相談だった。柳田にあてがわれた女を抱くということは、柳田にキンタマを握られてしまうことに他ならない。鶴谷愛子の尾行をするくらいはお安いご用だったが、これから先、もっとハードな汚れ仕事を押しつけられるかもしれない。柳田の口ぶりではいよいよ愛子陣営と全面戦争に乗りだすようだし、そうなれば割を食うのは下《した》っ端《ぱ》の兵隊と相場は決まっている。

だがそれでも、柳田の軍門に下ることを拒否しようとは思わなかった。ひとつには恩がある。キンタマを握られていると言うなら、交通事故を揉み消してもらった時点ですでに握られている。ふたつ目に、柳田は頼りになりそうだった。清濁併せのむ親分肌という評判が嘘《うそ》でないことを、身をもって知ることができた。

そしてなにより、麻理江である。

同じ水商売に従事しているとはいえ、激安キャバクラのエリとは月とすっぽんだった。申し訳ないけれど、エリが二、三十人束《たば》になっても、麻理江ひとりの魅力に敵《かな》わなかった。

彼女を抱けるのなら、そのうち理不尽《りふじん》な玉砕《ぎょくさい》命令を出されても甘んじて受けられそうな気がした。どうせ一度は破滅した身なのだ。それが彼女ほどの高めの女とセックスできるなんて、想像もしなかった一発逆転である。

三上はなにも心配しないことにした。

いや、なにも考えるのをやめようと思った。実際、考えられなかった。麻理江とホテルの部屋でふたりきりになった瞬間、彼女を抱く以外のことはすべて頭から吹き飛んでいった。

「うんんっ……うんんっ……」

そしていま、仁王立ちになった三上のイチモツを、麻理江は足元にしゃがんで咥《くわ》えている。唇をスライドさせる動きが刻一刻と熱っぽくなっていき、口内では絶え間なく舌が動いている。

うまいフェラだった。おそらく、数々のＶＩＰを桃源郷《とうげんきょう》に導いたであろう麻理江の舌奉仕に、三上は酔いしれていた。彼女のような高めの女がひざまずいて咥えてくれているだけでも衝撃的ないやらしさなのに、技術も磨きあげられていた。口内で大量に唾液を分泌《ぶんぴっ》し、その唾液ごと、じゅるっ、じゅるるっ、と音をたてて吸いしゃぶられると、気が遠くなりそうなほどの快感が身の底からこみあげてきた。

さらに麻理江は、唾液に濡れた男根をしごきながら、頬《ほお》ずりしてきた。イカくさい先走り液と自分の唾液で美貌《びぼう》を汚しては、上目遣いで見つめてきた。自分が美人であることを、知り尽くしている女の所作だった。頬ずりしては、ピンク色の舌を踊らせて男根を隅々《すみずみ》まで舐めてきた。そうしつつ睾丸《こうがん》を手に取り、あやすように愛撫してくる。

キンタマが握られていた。ニギニギされると、三上はのけぞって声をあげそうになってしまった。彼女にならば、進んでキンタマを握られたかった。ずっと握っていてもらいたいかった。睾丸をあやされることが、これほど気持ちがいいなんて、二十九歳にして初めて知った。

「うんあっ！」

再び口唇に咥えこまれると、このまま出してしまいたい、という耐えがたい衝動がこみあげてきた。麻理江もその気のようで、唇をスライドさせるピッチがぐんぐんあがっていく。しゃぶりながら、根元をしごいてくる。三上の両膝は震えだし、恥ずかしいほど身をよじってしまった。

しかし……。

このまま出してはいけない！　と、もうひとりの自分が叫んだ。一度口内射精を遂《と》げたとしても、麻理江ほどの女が相手なら回復も早そうだった。しかし、そういう問題ではない。

麻理江とのセックスは、ゴールではなくスタートなのである。

三上はこれから、鶴谷愛子の弱味をつかむという汚れ仕事に挑《いど》まなければならない。現社長を失脚させるための、クーデターの片棒を担《かつ》がなければならないのである。

不安は大きかった。いままで出世のことなど考えたことがなく、その日その日を面白おかしく生きてきたスチャラカ社員の三上にとって、社会人になって初めて背負わされた重大なミッションだった。

ターゲットの愛子も「高めの女」と言っていい。麻理江とはタイプが違うが、間違いなくそうだった。いままで憧れはしても、接近することすら許されなかった種類の美女だった。

呑まれてはならなかった。

容姿端麗だからといって、手心を加えてもいけない。

鬼になってミッションをコンプリートするためには、「高めの女」を上から目線で見つめる必要があった。普通に考えたらできるわけがないが、相手を見上げる奴隷《どれい》根性では、美人社長の弱味などつかめるわけがない。

ならば……。

同じく「高めの女」である麻理江が用意した快楽のコースに、やすやすと乗ってはならない気がした。こちらが責めて責めて責め倒し、声が嗄《か》れるまでよがり泣かせて、「もう堪忍して」と言わせることくらいできなくては、愛子にはとても敵わないのではないだろうか。もしかすると柳田も、男としての牙を磨けという意味をこめて、麻理江を与えてくれたのではないだろうか。

「……もういい」

三上は声を低く絞《しぼ》り、麻理江の口唇から男根を引き抜いた。もうすぐ射精に達しそうだったので、刺激がなくなったもどかしさに身をよじりそうになったが、我慢して麻理江を見た。麻理江は口内射精を確信していたようで、三上が途中でやめたことに不思議そうな顔をしている。

「ベッドに行こう。服を脱《ぬ》ぐんだ」

麻理江は顔色を変えずに立ちあがった。ドレスを脱ぎながらも、驚くほどクールな表情をしていた。

その顔色を変えてやりたかった。ひいひい言わせてやるからなと胸底でつぶやきつつ、三上は眼を見開き、息を呑んだ。ワインレッドのドレスの下から現れた、セクシーすぎる黒いランジェリーに、こちらの顔色が変わってしまった。

ブラジャーはハーフカップで、ドレスを着ていたときよりもなお大胆に胸の谷間が露《あら》わになっている。ともすれば乳首まで見えてしまいそうなほど、白い隆起がはみ出している。

下半身はさらに衝撃的で、ガーターストッキングを穿《は》いていた。三上は実物の女が、セパレート式のストッキングを穿いているのを初めて見た。さらにショーツは、フロントの生地が百円ライターくらいの小さなサイズで、いまにも恥毛がはみ出してしまいそうだった。Tフロントというやつだ。

「これも脱ぎます？」

麻理江に涼しい顔で訊ねられ、

「あっ、いやっ……」

三上はしどろもどろになってしまった。こんなことではいけなかった。呑まれては、負ける。麻理江にだけではなく、鶴谷愛子にも負ける気がする。

「ブ、ブラと、パンティだけ脱いでくれ。ガーターベルトとストッキングはそのままでいい」

麻理江はうなずき、ブラジャーをはずした。ブラに支えられていた白い乳房が、重力に垂れた。とんでもない巨乳だった。葡萄《ぶどう》の実のように垂れていて、乳暈もでかい。巨乳を売り物にしたグラビアでも、滅多にお目にかかれないほどのド迫力だ。

続いて麻理江は、脚をあげてショーツを脱いだ。レース製の小さな生地《きじ》から慎《つつ》ましく生《は》えた繊毛《せんもう》が露わになると、さすがに眼の下を赤くした。堂々と胸を張っていることができなくなり、背中が丸くなった。

いい感じだった。

百戦錬磨の彼女とて、サイボーグではないのだ。パーフェクトボディをセクシーなドレスやランジェリーで武装していても、恥部をさらせば羞《は》じらいに顔を赤くする生身の女なのである。

「いいぞ……」

三上は熱っぽくささやいた。

「そのままベッドに行くんだ。横になっててくれ」

自分もあわてて服を脱ぎ、臨戦態勢を整えた。

5

最初から、やさしくするつもりはなかった。

いささか強引にでも、その取り澄《す》ました美貌を喜悦に歪《ゆが》めてやりたかった。

選んだやり方はまんぐり返しだった。

女に両脚をひろげさせ、でんぐり返しのように体を丸めた状態で行うクンニリングスである。

このやり方の利点はふたつある。女の急所という急所をいっせいに責めることが可能なこと。そして、性器を舐めながら女の表情の変化をつぶさにうかがうことができることである。

「ううう……」

世にも恥ずかしい格好に押さえこまれても、麻理江は悲鳴をあげなかった。ただ、眼の下は赤くなっていくばかりだったし、頰はひきつっている。その顔を見るほどに、演技ではない表情を引きずりだしたくなっていき、三上は奮《ふる》い立った。

まずは女の割れ目を舌先でなぞった。

麻理江の花は、美人はこんなところまで綺麗なのかと唸ってしまうようなものだった。性器のまわりの繊毛は綺麗に処理され、アーモンドピンクの花びらが剝きだしになっていた。花びらは形崩れしておらず、左右対称を保っていて、まっすぐな合わせ目に幻惑された。

舌先を這《は》わせていくと、花びらはじわじわと口を開いていった。厚すぎず薄すぎず、サイズはやや小さめで、ぱっくりと開きると、つやつやと濡れ光る薄桃色の粘膜《ねんまく》が恥ずかしげに顔をのぞかせた。濡れた肉ひだが薔薇《ばら》の蕾《つぼみ》のように幾重《いくえ》にも重なって、呼吸をするようにひくひくとうごめいていた。

舐めまわし、舌を差しこめば、じわりと奥から蜜があふれてきた。

「くっ……くううっ……」

麻理江は歯を食いしばって声をこらえたが、まだ序の口も序の口、挨拶《あいさつ》がすんだ程度にすぎない。三上は花びらを口に含んでしゃぶりまわし、右手の中指でクリトリスをいじりはじめた。まだ包皮からわずかに顔を出した状態の真珠肉を、チロチロ、チロチロ、と刺激した。そうしつつ、左手は類《たぐ》い稀《まれ》な巨乳に伸ばしていく。大きな乳暈の中心でぽっちりと突起した乳首をつまみ、こよりをつくるようにひねっていく。

「んんっ……くぅううーっ！」

麻理江は首に何本も筋を浮かべてうめいた。まだ声をこらえられるとは我慢強い女だった。しかし三上にはまだ、切り札が残されている。花びらをしゃぶるのをやめると、レロレロ、レロレロ、と薄膜色の粘膜を舐めた。同じ動きで、アヌスにも舌を這わせた。高速移動で前の穴と後ろの穴をかわるがわる舐めまわしながら、クリトリスを刺激し、乳首をいじり抜いていく。

「くぅううーっ！　くぅうううーっ！」

麻理江が必死に歯を食いしばる。ハイグレードホステスの意地で、あくまで声をあげないつもりのようだったが、声をこらえればこらえるほど、表情には変化があった。美しい瓜実顔が、真っ赤に染まっていた。耳や首筋まで紅潮し、秀《ひい》でた額に脂汗《あぶらあせ》が浮かんでいる。

さらに三上が女の急所へと愛撫の波状攻撃を続けると、麻理江の顔は淫らがましく歪んでいった。眉根を寄せ、頬をひきつらせ、小鼻を赤くしてふうふう言っている。歯を食いしばりつつも、赤い唇が小刻みにわなないている。

三上は手応《てごた》えを感じていた。

まんぐり返しに固めた女体が、痙攣《けいれん》を開始していた。押さえこまれているから身をよじることもできず、豊満な肉を震わせるしかないのだ。

麻理江はあきらかに、もうすぐイキそうだった。

紅潮した頬をピクピクと痙攣させながら、眼を細めて見つめてくる。その瞳はまんぐり返しでイカされてしまう諦観《ていかん》に曇《くも》り、ひどく悔しげだったが、快楽からは逃れられない。クリトリスをいじりまわすほどに、眉間《みけん》の縦皺《たてじわ》が深くなっていく。Oの字にひろげた唇がわななく。ちぎれんばかりに首を振る。

しかし……。

「ああっ、いやっ……」

オルガスムスに達する寸前、三上はすべての愛撫を中断した。高まりきった女体から、あらゆる刺激を剝奪《はくだつ》した。

「ど、どうしてっ……」

麻理江が呆然とした表情で見つめてくる。絶頂を逃したやるせなさに、いまにも泣きだしそうな顔をしている。

いい表情だった。

ようやく鉄仮面の下に隠した、生身の素顔を見せてくれた。

とはいえ、まだ満足には程遠い。三上は愛撫を再開した。薄桃色の粘膜とセピア色のすぼまりを交互に舐めまわしつつ、ねちっこくクリトリスをいじり、乳首をひねって押しつぶした。

麻理江が再び、刺激に溺《おぼ》れていく。逃したオルガスムスを追いかけるように、性急に燃えあがっていく。

だがもちろん、オルガスムスは与えない。イキそうになると、愛撫を中断する。ストップ&ゴー、ストップ&ゴーで、ハイグレードホステスの意地を崩しにかかる。プライドを奪いにかかる。

「もっ、もう許してっ！」

やがて麻理江は、涙ながらに絶叫した。

「中途半端なところでやめないでっ……イッ、イカせてっ……もうイカせてちょうだいいいーっ！」

まんぐり返しで頭が下になっているせいもあるのだろう、麻理江の美貌は可哀相なくらい真っ赤に染まっていた。真っ赤になって、くしゃくしゃに歪んでいた。顔の表面は脂汗にまみれてヌラヌラと濡れ光り、欲情の涙を流していた。

それもそのはずだった。麻理江が漏らした発情の蜜は丘の上の恥毛をびっしょりに濡らし、胸のあたりまで垂れていた。薔薇の蕾のような肉ひだのスパイラルは、刺激を求めてイソギンチャクさながらに蠢動《しゅんどう》していた。クリトリスはすっかり包皮を剝きって、指を離しても小刻みに震えるのをやめない。

「ねえイカせてっ！　イカせてちょうだいっ！」

涙を流して哀願してくる麻理江の表情に、三上は満足した。勝った、と思った。いつもは手の届かないところにいる高めの女も、ひと皮剝いてみればこの通り、獣の牝《めす》の本性を隠しきれなくなる。

「ああっ、イカせてっ！　もうイカせてえええっ……」

「そんなにイキたいなら……」

まんぐり返しの体勢を崩し、三上はあお向けになった。

「クンニじゃなくて、チンポで思いっきりイケばいいじゃないですか」

ニヤリと笑いかけると、麻理江は屈辱《くつじょく》に唇を嚙みしめた。しかし、それは一瞬のことだった。もう我慢できないとばかりに身を翻して三上の腰をまたぐと、浅ましいまでの性急さで勃起しきった男根をずぶずぶと咥えこんだ。まったくはしたない。せっかくの結合をじっくり楽しむこともできなかったじゃないかと三上は胸底で舌打ちしたが、麻理江はおかまいなしに動きはじめた。

「ああっ、いやっ……あああああーっ！」

もはや声をこらえることもできないようで、甲高《かんだか》い悲鳴を放ちながら腰を振りたてた。股間をしゃくるようないやらしすぎる腰使いで、ずちゅっ、ぐちゅっ、と粘《ねば》りつくような音をたてた。濡らしすぎている証左である肉ずれ音を羞じらうこともできないまま、発情の汗にまみれた巨大な乳房を、タップン、タップン、と揺れはずませた。

いい眺めだった。

もっといい眺めにすべく、三上は麻理江の両脚をM字に立てさせた。彼女の全体重が結合部にかかる体勢にして、下からまじまじと見上げてやる。

「繋がってるところが丸見えだ」

「いっ、いやっ……」

麻理江は羞じらいに顔をそむけつつも、腰を使うのをやめられない。今度は股間をしゃくるような前後運動ではなく、女の割れ目で男根をしゃぶりあげるような上下運動だ。

麻理江が腰をあげると、濡れた肉ひだがカリのくびれにからみつき、吸いついてきた。得も言われぬ快感に、三上はいてもたってもいられなくなり、膝を立てて下から律動を送りこんだ。パンパンッ、パンパンッ、と打擲《ちょうちゃく》音が高らかに鳴り響き、巨乳が揺れる。三上が両手を伸ばして揉みしだくと、麻理江は髪を振り乱し、手放しでよがり泣きはじめた。

「ああっ、いやっ……ああっ、いやっ……あああああーっ！」

和式トイレにしゃがみこむ格好で男根を咥えこみ、夢中になって腰を使っている麻理江には、もはや高めの女の気品はなかった。乳首をつままれれば喜悦に身をよじり、閉じることのできなくなった唇から涎《よだれ》さえ流しそうであり、完全に発情しきった獣の牝だった。たまらなかった。

エリとやり損ねたおかげで、ここ《そこ》一年ばかりは新妻の一穴主義だった。それもマンネリに陥《おちい》っていたから、自分の中の男が蘇《よみがえ》っていくようだった。獣の牡《おす》の本能が覚醒《かくせい》し、下から渾身《こんしん》のストロークを送りこんでいく。男根も、いつもより数段硬くみなぎっている気がする。

「ああっ、いいっ……来てるっ……奥まで来てるっ……いちばん奥まで届いてるううううーっ！」

麻理江が眼尻を垂らして見つめてくる。

「イキそうっ……もうイキそうっ……」

「イキたいのか？」

「イキたいっ……ああっ、イカせてっ……」

「むううっ！」

三上は息をとめ、下から怒濤《どとう》の連打を送りこんだ。両脚をM字に開いた絶世の美女を、田楽《でんがく》刺しにするイメージで突きあげに突きあげた。

「……イッ、イクッ！」

ビクンッ、ビクンッ、と腰を跳ねあげて、麻理江は絶頂に達した。全身をガクガク、ぶるぶると震わせて、あられもなくゆき果てていった。

「あああっ……」

上体を起こしていられなくなり、三上に覆《おお》い被《かぶ》さってきた。ハアハアと息をはずませて、全身をぐったり弛緩《しかん》させている。

どうやらイキきったらしい。

気分がよかった。

麻理江の仕事は、三上を会心の射精に導くことなはずだ。男好きする美貌とスタイルで幻惑し、手練手管《てくだ》で夢心地の気分にいざなうことなはずだ。

その麻理江を先にイカせた。

三上はいま、高めの女に勝利したのだ。

「……ぅんんっ！」

唇を重ね、舌をからめあうと、唾液が粘っこく糸を引いた。麻理江はまだ、眼の焦点が合っていなかった。余韻《よいん》の痙攣も治まっていない。

「休むのはまだ早いぜ」

三上を麻理江を抱えて上体を起こし、体位を正常位に移行した。

「自分ばっかり先にイッて……こっちはまだまだ余裕があるのに……」

ギラついた眼で見下ろしてやると、

「ううう っ……」

麻理江は怯《おび》えたような顔になった。

「今夜はとことん楽しませてもらうからな。とことん……」

三上は麻理江の両脚をM字に押さえこみながら、ゆっくりと腰をまわしはじめた。オルガスムスに締まりを増した蜜壷の中で、男根は限界を超えて硬くなっていた。高めの女に勝利したことで、足元から自信がこみあげてくるのを感じながら、女体が浮かびあがるほどのピストン運動を開始した。

第二章　せつない真実

1

眠かった。

愛車ラパンのハンドルを握りながら、三上は何度も気を失いそうになり、あわてて背筋を伸ばした。缶コーヒーをガブ飲みし、ガムを噛むことで、なんとか眼を覚《さ》ましている状態だった。

早朝の国道はまだ通勤ラッシュも始まっておらず、思いきりアクセルを踏みこめた。だからよけいに、事故を起こすと怖い。飲酒運転の次は居眠り運転では、さすがの柳田ももう助けてはくれまい。

目的の場所は、鶴谷愛子の自宅だった。

つまり、〈鶴組〉創業者一族が住む大邸宅である。一度、偶然通りかかったことがあるので、場所はわかっていた。S市の中でも高級住宅地と言っていい高台に、唖然とするほど大きな屋敷を構えている。軽く五百坪はありそうな敷地を高い塀でぐるりと取り囲み、中の様子はうかがえなかった。きっと母屋《おもや》の他に、蔵やら車庫やら茶室やら、いろいろなものが建っているのだろう。

正面玄関は大きな道に面しており、ちょうど道を挟んでコンビニがあったので、その駐車場にラパンを停めて待つことにした。

こちらは十年落ちの軽自動車でも、愛子はおそらく、社用車である黒塗りのレクサスでご出勤だ。国道でスピードをあげられたら、ラパンのエンジンが悲鳴をあげそうだったが、文句は言うまい。ラパンの寿命が縮まっても、振りきられるわけにはいかない。

汚れ仕事の報酬《ほうしゅう》なら、もう充分に受けとっていたからだ。

眠くてしようがないのは、麻理江を相手に朝まで五回戦をこなしたからだった。まだぎりぎり二十代だし、性欲が弱いほうではないと思うが、ひと晩に五回は異常である。麻理江がイキまくるから、射精しても射精しても挑みかかっていきたくなったのである。女が燃えれば、男も燃える。女を存分にイキまくらせることで、男は言葉では説明できない大きな自信を得ることができる。

ましてや麻理江は、まがうことのない高めの女だった。

また抱きたかった。

ほんの三時間前まで濃厚にまぐわっていたにもかかわらず、生々しい欲望が体の中で渦《うず》を巻いている。もちろん、抱ける可能性はゼロではない。ミッションをコンプリートすれば、柳田がきっと抱かせてくれる。

三上は自分でも驚くほど、この仕事に意欲を燃やしていた。派閥争いになんて興味がなかったし、出世欲も皆無だったはずなのに、どういうわけか火がついてしまった。

単純な話だった。

柳田の役に立てば、いい酒が飲めて、綺麗な女を抱くことができるのだ。すでに妻を娶《めと》った身であれば、あまりリスキーなことはできないから、遊ぶのはせいぜい水商売の女。となると、容姿端麗で床上手《とこじょうず》、おまけにすべてを割りきっている麻理江のような存在は、女神のようなものである。

このチャンスをものにしたかった。

愛子の尾行で成果をあげ、柳田の覚えが目出度《めでた》くなれば、麻理江レベルの女をいつでも抱けるのだ。家庭を守りながら、男に生まれてきた悦びを満喫できるのである。

だいたい……。

派閥争いに興味がなかったとはいえ、三上は鶴谷愛子に対してもともといい印象を抱いていなかった。なるほど彼女は美人だった。高めの女の最高峰とも言える容姿をし、清廉潔白でクリーンなイメージも有している。

だが、煎《せん》じ詰めれば苦労知らずのお嬢様ではないか。

市でいちばんの建築会社の家系に生まれ、高い塀に囲まれた大邸宅で蝶よ花よと育てられて、東京では授業料が馬鹿高いお嬢様女子大に通い、海外留学までした挙げ句、金を稼ぐ必要がないからボランティアにＮＰＯ……。

ナメている。

格差社会の最たるものだ。

〈鶴組〉の正社員である三上はまだ恵まれているほうだが、下請け企業の中には、働けど働けど賃金があがらず、生活が常にカツカツの人間だっている。子供にかける教育費まで節約しなければならない状況に激怒した嫁がスナックで働きだし、勢い余って浮気騒動を起こしたりする悪循環《あくじゅんかん》の中、あえぐように生きている人間もいるのである。

三上にしても、二十代で結婚し、マイホームを建てたことで勝ち組気分に浸《ひた》っているものの、クルマは十年落ちの軽自動車で、節約のために昼食は弁当、嫁にデートをせがまれれば無料で遊べるスポットを血まなこで探し、たまの息抜きは一時間二千円の激安キャバクラなのである。

そうやって、社員や下請けから搾取《さくしゅ》に搾取を重ねた結果が、目の前に建っている大豪邸だと思うと、はらわたが煮えくりかえってきた。ましてや、お嬢様の気まぐれな舵《かじ》取りで、ボーナスカット、給料カット、リストラの嵐などということになったら、たまったものではない。

鶴谷家の立派な正面玄関を睨みつけながら、三上はいま自分が置かれている状況に身震いしていた。興奮の身震いだ。自分の働き如何《いかん》によって、愛子を失脚させ、創業者一族を経営陣から一掃《いっそう》するチャンスだって訪れるかもしれないのである。

いや、訪れてもらわなければ困る。盛者必衰《せいじゃひっすい》は世の理《ことわり》、三代にもわたって繁栄を享受《きょうじゅ》した鶴谷家は、早々に経営陣から退《しりぞ》いてもらったほうがいい。

柳田は正しい。

あらゆる意味で、正義に立脚している。

会社のためにも、三上個人のためにも、あの人についていくことだけが、未来を明るくする唯一の方法であることは間違いないと思った。

2

黒塗りのレクサスはなかなか現れなかった。

ラパンの運転席でじりじりしていると、玄関から愛子が出てきた。相変わらず綺麗だった。濃紺のパンツスーツに黒いハイヒールというのもいつもと同じだったが、驚いたことに駅の方向に歩きだした。

〈鶴組〉では、常務以上は社用車での送り迎えがある。曲がりなりにもトップに君臨《くんりん》する愛子が電車通勤をしているわけがないと思っていた。しばらくラパンで後をつけたが、どう見ても駅に向かっている。

三上はアクセルを踏みこむと、駅まで先まわりしてラパンをコインパーキングに突っこみ、改札付近の物陰で愛子がやってくるのを待った。肩すかしを食らった格好だが、心臓が早鐘を打っていた。

高級車での送り迎えをキャンセルして、一般の社員と同じように電車通勤——一見、驕《おご》りのない謙虚《けんきょ》な姿勢に見えるが、なにかが臭った。社用車での送り迎えより、電車通勤のほうが自由度が高い。人には言えないプライヴェートを確保できる。

「鶴谷愛子の弱味をつかんでくれないかね」と柳田は言った。下請けからキックバックを受けとっているとか、背任行為のようなことを見つけることができれば一発で失脚に追いこめるが、さすがにその可能性は低い気がした。となると、男女関係のスキャンダルがいちばん手っ取り早い。不倫なら最高だが、独身同士の普通の恋愛でも、愛子の場合イメージがクリーンなのでかなりの打撃になるだろう。相手が公務員や同業他社の人間だったりすれば、仕事上の機密をもらしているのではないかと難癖《なんくせ》をつけることができる。実際にもらしているかいないかは問題ではない。イメージを失墜《しっつい》させることができればそれでいいのだ。

愛子は三十歳。妙齢にもかかわらず、男の匂いがいっさいしない。だがいくら高めの女でも、ひと皮剝けば生身の牝。恋愛もすれば、セックスだってしているに決まっている。

愛子が来たので、後を追ってホームへの階段をのぼった。

東京ほどではないけれど、市内ではいちばん通勤電車が混む区間なので、満員の寿司《すし》づめ状態だった。三上は、吊革につかまった愛子のすぐ後ろに陣取った。愛子ほどの美人なら、いくら人混みにまぎれても見失うことはないから、少し離れたところにいても問題なく尾行は続けられる。すぐ後ろまで接近したのは、スマートフォンを使いだしたら、のぞいてやろうと思ったからだ。同じ会社で働いているとはいえ、向こうは社長でこちらは平、顔は知られていないはずだし、念のためごつい黒縁《くろぶち》のメガネをかけて変装している。

愛子はスマートフォンではなく、本を出して読みはじめた。英語のペーパーバックだったので、のぞいても三上には理解できなかった。

二駅、三駅と何事もなく過ぎたが、四駅目と五駅目の間で、愛子の表情が突然険しくなった。背後にいる三上からうかがえるのは後頭部だけだったが、ちょうどトンネルに入ったところだったので、窓ガラスに表情が映っていた。

ペーパーバックから顔をあげ、眉間に皺を寄せて視線を左右に振った。窓ガラス越しに眼が合うと、睨みつけられた。

意味がわからなかった。尾行がバレたのかと震えあがったが、どうしていま急にバレたのか理解できない。次の瞬間、ハッとした。満員電車の中で女が急に険しい表情になるということは、痴漢《ちかん》ではないか。視線だけ動かして確認すると、予感は的中していた。隣の中年男が愛子の尻を撫でていた。涼しい顔で中吊り広告を見やりながらも、濃紺のパンツスーツに包まれた豊満な尻を、ねちっこい手つきで撫でまわしている。

三上は大きく息を呑んだ。

一瞬、勃起してしまいそうになったが、勃起などしている場合ではない。痴漢野郎に注意するべきだったが、できなかった。相手の顔が強面《こわもて》だったからだ。注意するかわりに、両手で吊革をつかみ、自分は痴漢をしていないというアピールをした。手提《てさ》げ鞄《かばん》ではなくリュックを背負っていて本当によかったと思ったが、我ながら情けなく、不甲斐ない態度だった。

一方の愛子は、中年男の方に体ごと振り返った。眼を吊りあげて睨みつけた。何度も言うようだが、愛子は美人だった。ブスが怒っても醜悪《しゅうあく》なだけだが、美人が怒った顔は本当に怖い。

「なんだよ。混んでるんだからしかたないだろ……」

強面の中年男は言い訳がましくもごもご言い、愛子に背中を向けた。それでも愛子は睨みつづけた。三上は、愛子が中年男のことを駅員に突きだすつもりではないかと思った。おそらく、中年男も同じことを察したのだろう。次の駅に着くなり、まわりの乗客をかきわけて逃げるようにホームに飛びだしていった。

嫌な感じだった。

社長のくせに電車通勤、社内では英語のペーパーバックを読み、睨み一発で痴漢野郎を追い払う。まるでスーパーウーマンだ。

結局、通勤途中にはスキャンダルの匂いはなにもなく、愛子はまっすぐに出社した。

とはいえ、なにかが起こるとすれば、帰宅時のほうが期待がもてる。多忙な女社長のことだから、出勤前に恋人と待ちあわせて朝食デートという展開もあるかもしれないと思ったが、なければないでしかたがない。帰宅時こそ本腰を入れて尾行してやると、三上は意気込んだ。

しかし……。

その日の帰りも、翌日も、そのまた次の日も、愛子は深夜十一時近くまで残業し、まっすぐに帰宅した。コンビニにすら立ち寄ることがなかった。四日目にようやく定時で退社したので、いよいよデートかと小躍りしそうになったが、向かった先は英会話スクールだった。

アメリカに長く滞在していた彼女なので、もしかすると外国人の英語教師とデキているのかもしれないと思った。受講希望者のふりをして中を見学させてもらい、個人レッスン教室を小窓からのぞくと、愛子の先生をしていたのは女だった。レズだったらそれはそれで面白いが、還暦《かんれき》を過ぎていそうなおばあさんではさすがにあり得ない。

朝晩の尾行を続ける一方で、三上は社内のリサーチを開始していた。

昼休み、普段は自分のデスクで弁当を食べているのだが、わざわざ社員食堂まで行って、部署違いの同僚と一緒に食べた。

「それにしても、愛子社長って美人だよな」

雑談の中、そんな言葉をすべりこませると、誰もが食いついてきた。

「美人なだけじゃなくて、頭もいいよ」

「これからの時代は、愛子社長みたいな国際感覚が大事だと思うね」

「エレベーターとかで一緒になると、はにかみながら会釈《えしゃく》してくれるんだよな。あれがたまらないよ」

悪く言う人間はひとりもいなかった。

「しかし、経営手腕って意味じゃイマイチなんじゃないの。この業界で働いてた経験もないし、この一年、業績も落ちこんでるしさ」

そう水を向けてみた。

「誰だって、最初から経験豊富なわけじゃないぜ」

「ブレーンが悪いんだよ、ブレーンが」

「大きな声じゃ言えないけど、副社長の柳田さんがずいぶん足を引っぱってるらしい」

「創業者一族の三代目なんだからさ、柳田さんももっと本気で愛子社長を支えてほしいよ」

三上は返す言葉を失った。スチャラカ社員を決めこんでいた三上と違い、同僚たちは意外なほどシリアスな眼で、経営陣の動向を見守っているようだった。愛子の評判はどこまでも高く、かわりに柳田が悪役になっている。事実は逆だと思うのだが、とにかく愛子は若い世代にウケがよすぎる。

「ここだけの話、うちの課長も、隠れ愛子ファンだぜ」

「うちも、うちも」

「上層部の手前、はっきり意思表示はできなくても、そういう人多いよな」

「現場でもすごい人気だって」

「俺なんて、下請けから言われたよ。来年のカレンダーは、ぜひおたくの美人すぎる女社長をフィーチャーしてくださいって」

そこまで言われると、さすがの三上も危機感を覚えずにはいれらなかった。愛子派閥と柳田派閥、実際のところどちらのほうが支持者が多いか、全員に話を聞いたわけではないのでわからない。しかし感触としては、想像以上に愛子の支持者が多かった。普通、会社の経営者などというものは憎まれ役と相場は決まっている。業績がさがっていれば真っ先に槍玉にあげられる存在なのに、誰も彼女の悪口を言わないのだから恐れ入る。反対に聞こえてくるのは、「柳田副社長が悪い」という声ばかりなのである。

もしも柳田が企《くわだ》てているクーデターが失敗したら……。

柳田派閥の一員である三上は、報復人事で左遷だろう。高級クラブで酒を飲み、美貌のホステスと戯《たわむ》れるどころか、遠い現場に飛ばされるのだ。建てたばかりのマイホームに住むことも許されない、地獄の単身赴任《ふにん》である。「あなたいったいなにをやらかしたの?」と嫁からも白い眼を向けられ、下手《へた》をすれば三行半。なんとか離婚を思いとどまってもらっても、安心はできない。夫の単身赴任中に妻が浮気をするのはよくある話で、寝取られ男の屈辱にのたうちまわる結果になるかもしれない。

3

尾行を開始してから十日後。

その日、愛子はいつもと違う行動パターンを見せた。

定時の六時に退社することはいままでにもあったが、駅前の英会話スクールにも寄らず、自宅に向かう各駅停車にも乗らないで、特急列車に乗りこんだ。変装用のメガネをかけた三上も後に続いた。黒縁メガネは見られてしまったので、べっこう縁の丸メガネだ。

特急列車に揺られること一時間、愛子が降りたったのは県内でいちばん栄《さか》えているN市の中心街だった。〈鶴組〉のあるS市に比べ、N市はずっと大きな規模の繁華街を有している。飲食店はもちろん、有名デパートもあれば、ブランドショップなども軒並《のきな》み揃っているので、県外から足を運ぶ向きも多い。

仕事かもしれない。

社長ともなれば、夜ごとに接待《せったい》があってもよさそうなものなのに、この十日間、愛子は一度もそういう場所に足を向けなかった。N市になら接待向けの高級料理屋がいくつもある。

だが、疑問も生じた。接待の席に社長がひとりで出向いてくることなどあるのだろうか。一般的には、その案件を担当する部長クラスの責任者を従えてくるはずである。

となると、仕事の可能性は低い。

デートかもしれない。

三上は拳を握りしめた。いよいよもって、清廉潔白の女社長のプライヴェートが暴かれるときが訪れたというわけである。

カツカツとハイヒールを鳴らして、愛子は繁華街に向かっていった。N市の繁華街は広く、ブロックごとにカラーが違う。接待向けの老舗の料亭、あるいは高級クラブなどが並んだあたりには目もくれず、彼女が目指したのは流行《はや》りの店が軒を連ねている若者向けのブロックだった。こじゃれたイタリアンバル、カジュアルなフレンチ、看板も賑々《にぎにぎ》しい台湾屋台料理……デートの匂いがぷんぷんした。愛子の格好はいつも通りの濃紺のパンツスーツで、キャリアウーマン然とした凛々《りり》しさが際立《きわだ》っていたが、角を曲がるときにチラリと見えた横顔が、ほんのりと赤く上気していた。

見間違えではない。三上はドキドキしてしまった。愛子はいま、どう見ても男との逢瀬《おうせ》に胸を躍らせている、女の表情をしていた。

しかし……。

愛子は若者向けのブロックを抜けて、さらに奥に進んでいった。二十四時間営業のビリヤード場やネットカフェがある、時間の無駄遣いを生き甲斐にしている不良少年たちがたむろしているような一角だ。キャバクラ、ピンサロ、大人のオモチャ屋が揃い踏みしたピンクゾーンもすぐ側だった。濃紺のパンツスーツをきりりと決めたキャリアウーマンには、まるで相応しくないところである。

いったいどこに行くつもりなのか？

しきりに首をかしげながら尾行している三上をよそに、愛子はある雑居ビルに入っていった。三上は走った。地下につづく階段をおりていく、愛子の背中が見えた。派手な電飾のついた〈ＥＶＥＲＹＤＡＹ　ＬＩＶＥ！〉という看板が見えた。ライブハウスらしい。メジャーなミュージシャンが演奏するようなところではなく、場末《ばすえ》感漂う薄汚い店である。

いったい愛子は、こんなところになんの用があるのだろう？

呆然と立ち尽くしていると、

「どいてくださいよ」

後ろから来た男に体を押しのけられた。三上と同世代だが、見るからにオタク臭の漂っているデブだった。よく見ると、似たようなむさ苦しいタイプの男たちが、路上のあちこちに溜まっていた。異様だった。三上が卒業した高校はN市にあったので、この繁華街には昔からよく遊びにきていたが、異界にでも入りこんでしまった気がした。

だが、ぼんやりしている場合ではない。

三上はいったん踵《きびす》を返すと、最初に眼についた洋服屋に飛びこみ、キャップとナイロン製のブルゾンを買い求めた。薄汚いライブハウスに入っていくのに、スーツにネクタイでは悪目立ちしてしまうと思ったのだ。店内で着替えてライブハウスに戻り、地下へ続く階段をおりたところでチケットを買った。外から続く階段は、壁に古いチラシがベタベタ貼られたままで、かなり場末感が漂っていたのだが、店内は思ったよりずっときれいだった。

正面にステージがあり、常設の座席は三十ほど。後ろにスタンディングスペースがあり、ドリンクバーがある。愛子を探したがいなかった。チケットにワンドリンクがついていたので、とりあえずビールを飲んで気持ちを落ちつけた。

三十ほどの座席はほぼ埋まり、スタンディングスペースにも続々と客が入ってくる。かなりの人気だった。いや、この手の場所で行われるライブの客は、演奏者の身内や友達や知りあいばかりが普通だから、きっと友達が多いバンドなのだろう。

それにしても……。

店内の光景は異様さを増していくばかりだった。女の客がゼロで、いるのはオタクふうのむさ苦しい男ばかりだ。愛子はトイレにでも行っているのだろうが、これならば出てくればすぐにわかるだろう。

そのとき、客電が落ちた。

「本日もたくさんのご来場、誠にありがとうございます。当店人気ナンバーワングループ、〈ぷにゅぷにゅまにあ〉の登場です。みなさま、盛大な拍手でお迎えください……」

真っ暗闇の中の場内アナウンスは、最後まで聞こえなかった。「うおおおーっ」という野太い歓声に掻《か》き消され、次の瞬間、ステージがライトで照らされた。いきなりそこが、まぶしく輝きだした感じだった。

派手なストライプ柄の衣装を着けている、五人の女の子が立っていた。スピーカーが唸り、重厚なリズムとビートが店内を埋めつくした。女の子たちがミニスカートを揺らして踊りはじめる。客席の男たちは先ほどまでの覇気のなさが嘘のように、野太い声で掛け声をかけている。

三上は呆気《あっけ》にとられていた。てっきりバンドが演奏するものだとばかり思っていたのだが、そういえばステージに楽器が置いていなかった。〈ぷにゅぷにゅまにあ〉と紹介された五人グループは、カラオケをバックに歌って踊っているだけだ。いったいこれはなんなのだろう？　アイドルユニットのローカル版、いわゆる地下アイドルというやつだろうか？

視線を泳がせている三上をよそに、客席はヒートアップしていく。メンバーがくるりと回転し、パンツを見せたからだった。もちろんアンダースコートのような見せてもいいパンツ、いわゆる見せパンだろう。知名度のなさをサービス精神で補《おぎな》おうという、確信犯的なパンチラだった。

それでもファンたちは嬉しくてしかたがないらしく、手にしたタオルを振りまわし、雄《お》叫《たけ》びをあげている。興奮したまわりの客が、邪魔だとばかりに三上の体を押しのけてくる。

常軌を逸《いっ》していた。

アイドルを好きになったことなら三上にもあるから、気持ちはわからないではない。しかし、中高生ならともかく、いい歳をした男が無名の地下アイドルに夢中になっている姿は痛々しく、いたたまれない気分になっていく。

だいたい……。

秋葉原《あきはばら》ならともかく、こんな田舎《いなか》でいい大人が夢中になるほど可愛い女の子がステージに立っているわけがない。

三上は混んでいる場所を避けて壁に寄りかかり、あらためてステージを眺めてみた。センターにいる女の子は、それなりに可愛かった。年は二十歳前後だろうか。眼が大きくて猫のような愛らしさがあるし、ふりふりのミニスカートがよく似合っている。だが、他のメンバーはそれほどでもない。年も顔も似たり寄ったりだが、センターの子ほどインパクトがない。

いや……。

ひとりだけ、センターと拮抗《きっこう》するほど目立っている子がいた。向かって左、いちばん下手で踊っている女の子だ。金髪のカツラで顔を半分くらい隠しているが、踊りがうまい。キレッキレというやつだ。おまけに他のメンバーにないような、なんとも言えない色気がある。手脚が長く、スタイルがいいのに、太腿が異様に逞《たくま》しいのだ。踊りにキレがあるから五秒に一回くらいスカートが翻り、むっちりと張りつめた白い太腿の全貌が見える。妙にエロい。見れば見るほど、そのエロさに引きこまれていってしまう。

まさか……。

三上は眼を見開き、息を呑んだ。金髪のカツラで顔を半分隠していても、よく見ればメンバーの誰よりも美形だった。原宿《はらじゅく》を闊歩しているファッションモンスターのようなつけ睫毛《まつげ》をしているのに、眼つきに凜々しさが滲《にじ》んでいる。聡明さや育ちのよさを隠しきれない。

色っぽくて当たり前だった。

二十歳前後のメンバーに混じって、彼女はひとりだけ三十路《みそじ》なのだ。

その麗しい容姿で、社内の若手の気持ちを鷲《わし》づかみにしている女社長なのだ。

鶴谷愛子だった。

三上が躍起《やっき》になって弱味をつかもうとしている女がそこにいたのである。

4

「嘘だろ……」

独《ひと》りごちた三上の声は、大音響のダンスビートと野太い声援にかき消された。

〈ぷにゅぷにゅまにあ〉のステージは、五曲三十分ほどで第一部終了となった。第三部まであるらしいが、レッスンを積んだプロではないのでこまめな休憩《きゆうけい》が必要なのだろう。

ずいぶんと激しい勢いで踊っていたから、いまごろはきっと楽屋で息をはずませているに違いない。

三上も客席の片隅《かたすみ》でひとり、興奮に息をはずませていた。

女社長が実は地下アイドル――いまつかんだこの事実は、果たして愛子の弱点になるだろうか。なるような気もするし、ならないような気もする。

クリーンなイメージで社員の心をつかんでいる女社長が、裏ではパンチラが売りの地下アイドルだったということになれば、幻滅を誘うことは間違いない。同業他社の笑いものになることは確実だし、進行中の商談に支障を来さないとも限らない。

その一方で、支持する者も続出しそうだ。地下アイドルというとどことなく胡散《うさん》臭いが、ストリップをやっているわけではない。愛子のダンスはキレッキレだったから、ステージに接すれば夢中になってしまうおじさん連中も少なくないのではなかろうか。数年前に廃部になってしまったが、かつて〈鶴組〉にはソフトボール部があり、熱心な応援団が結成されていた。真剣にソフトボールをやっている人たちには申し訳ないが、おじさんたちは太腿に弱いのだ。今日の愛子の衣装は、ソフトボール部のユニフォーム以上に太腿アピールがすごかった。普段はパンツスーツに隠されているだけに、そのインパクトは絶大で、三上はもう少しで勃起してしまいそうになった。

いや……。

不確定な未来について、あれこれ考えてもしかたがない。いま三上がすべきことは、情報を集めることだった。女社長の裏の顔が地下アイドルである事情をもっとよく知れば、一撃必殺の弱味をつかむこともできるかもしれない。

「あのう……」

あまり口をききたくなかったが、側にいたオタクに声をかけてみた。

「自分、今日初めて観たんですけど、〈ぷにゅぷにゅまにあ〉最高ですね。偶然入ってみて超よかったですよ」

オタクは手垢《てあか》のついたメガネの奥で細い眼を光らせた。

「最高でしょう？　偶然入ったなんてキミは大変ツイている」

偉そうな口調にイラッとしたが、三上はにこやかな笑顔を崩さなかった。

「彼女たち、いつごろから活動してるんですかね？」

「結成は一年前」

「この店以外ではどこでライブを？」

「〈ぷにゅぷにゅまにあ〉はここでしか観られないよ。この店ができたとき、ここ専属のアイドルとしてデビューしたから」

「ライブはどれくらいのペースで？」

「月に四回から五回。曜日は不確定。ちなみに今日と明日は2デイズ」

「人気あるんですねえ」

「僕としても、もっとやってほしいけどね」

「ちなみに、いちばん人気はやっぱりセンターの人ですか?」

「うーん……」

オタクは腕組みをして考えこんだ。

「センターのチコちゃんは、もちろん人気がある。可愛いし、頑張り屋だし、歌だってうまいから、そのうちキー局のテレビにだって出るようになるかもしれないな。しかし、僕なんかはね、それでいいのかって思うわけだよね。せっかくの地下アイドル、それもローカルな存在である彼女たちを応援してるのに、中央の尺度で良し悪しを決めていいものかって……」

「な、なるほど……」

よくわからない話だったが、三上はとりあえずうなずいた。

「だから僕は、マーヤを応援してる」

「ええーっと、マーヤさんは……」

「いちばん上手! 向かって右側にいる子!」

背が小さく、いちばん幼げな顔をしているメンバーだった。過剰にロリロリしたアニメ顔なので、オタクには人気が高いのかもしれない。

「逆はどうです？」

三上はおずおずと訊ねた。

「んっ？　逆とは？」

「いちばん下手にいる……」

「ああ、アイコさん」

オタクの細い眼が、汚れたメガネの奥で再び光った。

「キミはなかなか審美眼があるね。人気投票をすると、アイコさんはいつもビリなんだ。でも、だからといって彼女が必要ないかというと、そんなことはない。彼女の存在がまわりを光らせてるってことも言えると思うんだよ。愛子さんはちょっと年を食ってる、無駄にダンスに力が入りすぎている、そしてどういうわけか異様にエロい。そんな彼女がいることで、マーヤの初々《ういうい》しさが際立ってると僕なんかは思うわけだが……」

客電が落ち、大音響でイントロが流れてきた。第二部の始まりらしい。ちょうどよかった。これ以上わけのわからないご高説を聞かされつづけたら、殴《なぐ》りたくなったかもしれない。

ステージにライトがあたった。「うおおおーっ」という雄叫びを、今度は三上もあげてしまった。

衣装が替わっていた。やけにぴったりと体に張りつく生地《きじ》の、ホットパンツにタンクトップだ。いちおう丈の短いジャケットは着ているものの、女らしい体のラインが露わすぎるほど露わになっている。足元は踵の高い編みあげブーツ。いったい誰が考えているのか、セクシーを通り越してほとんど卑猥《ひわい》である。

愛子のダンスは相変わらずキレッキレだった。

しかし、今度の衣装はピッタピタだ。

踊るほどに生地が股間に食いこむ。それも、尋常《じんじょう》ではない食いこみ方で、いまにも割れ目の形が浮きあがってきそうになる。メンバー全員、恥ずかしそうにしているが、振りつけを飛ばすわけにはいかないから、裾《すそ》をつかんで直すこともできない。愛子も冴《さ》えた頬を羞じらいに赤らめている。

彼女は他のメンバーより突出して土手高のモリマンだったから、恥ずかしさも人一倍なのだろう。ムキになって激しいダンスを続け、汗で顔がキラキラと輝きだしている。曲にブレイクが入り、全員がターンした。ずりあがりすぎたホットパンツから、全員の尻がはみ出していた。

鼻血の出そうな光景だった。

いくらサービス精神旺盛《おうせい》でも、この衣装はやりすぎである。一曲目が終わると、全員がホットパンツの裾をずりさげて直した。誰もが恥ずかしそうな顔をしていたか、その光景もまた、悩殺的としか言いようがなかった。

「この衣装……」

センターのチコが、苦笑しながらマイクの前に出て言った。

「アイコさんがデザインしてくれたんですけど、ちょっと良いこみすぎますね。踊りづらいったらありません」

「カッコいいよーっ！」

客席から声が飛んだ。

「チコちゃん、超似合ってるから」

「いつもそれで出てくれーっ！」

このステージとの距離の近さが、地下アイドルを応援する醍醐味《だいごみ》なのだろう。

「みんな、いやらしい眼で見てない？」

チコが悪戯《いたずら》っぽく眉をひそめれば、

「見てない、見てない」

客席から声が返る。いやらしい眼で見ていることは火を見るよりもあきらかなのに、すっとぼけた声援ばかりがステージに飛んでいく。

「その衣装なら、一生応援するぞーっ！」

「グッズも買って帰るぞーっ！」

「アイコさん、グッジョブッ！」

その声をきっかけに、「アイコッ！　アイコッ！」とコールが巻き起こる。愛子は照れ笑いを浮かべながらマイクの前に出てくると、

「ありがとう、みんなっ！　愛してるっ！」

両手をあげてジャンプし、客席からのコールに応えた。その動きで、ホットパンツがまた股間に食いこんだ。

三上には、目の前で起きていることが現実とは思えなかった。鶴谷愛子は〈鶴組〉創業者の孫娘であり、三代目社長なのである。業績が落ちこむ中、社内では派閥争いが起きている。ホットパンツを股間に食いこませながら、オタクの声援に応えている場合ではないのである。

5

ライブハウスを出ると、三上は夜の繁華街をふらふらと歩きだした。とてもまっすぐ家に帰る気にはなれず、酒場を探してさまよっているうちに、ピンクゾーンに迷いこんでしまった。

「おにいさん、おっぱいパブどう？　飲み放題、揉み放題」

黒服を着たキャッチが次々と声をかけてくる。

「キャバクラどうですか？　いまなら一時間三千円でご案内しますよ」

「おめでとうございます。チャンスタイムがやってまいりました。こんな夜はピンサロです、ピンサロ。いまなら一発二千円。キャバより安い！　花びら回転なら三千五百円！どうです？　このあり得ない激安料金！」

誘われるままに、三上はピンサロ店に入った。三上は激安というキーワードに弱かった。ほとんど呆然自失の状態で、気がつけば、ベンチシートに通されていた。目隠しのため、背もたれが異様に高いベンチシートだ。ピンク色の照明と大音響のユーロビートが、洪水《こうずい》のように渦を巻いていた。

一発二千円はたしかに安い。

N市より格下のS市にある激安キャバクラと同じ値段だ。

同じ値段でもサービスはまるで違う。キャバクラは女の子が隣に座るだけだが、ピンサロは隣に座った女の子がフェラで抜いてくれるのである。

となると、必然的に女の子のグレードはさがる。急降下に決まっている。

山のようなおしぼりを手にやってきたのは、女の子とはお世辞にも言えないビヤ樽《だる》のような体型をしたおばさんだった。ピンサロ嬢よりもちゃんこ番のほうが似合いそうだったので、一瞬、遠い眼になってしまったが、チェンジはしなかった。チェンジをしたところで、いい女がやってくるわけがないからである。

「ビール飲んでいい？　千円かかるけど」

おばさんが言い、三上は黙ってうなずいた。ボーイが瓶ビールを運んでくると、グラスに注いで乾杯となった。

ひと口飲むと、三上はおばさんにむしゃぶりついた。ブラウスのボタンをはずし、ノーブラの生乳を揉みしだいた。

「もう！　あわてないで」

おばさんが身をよじって笑う。

「時間あるから、一杯くらい飲ませてよ」

三上は無視して、おばさんの生乳と戯《たわむ》れた。ビヤ樽のような体型をしているだけあって、乳房のサイズは大きかった。熟女の乳肉は柔らかく、指が簡単に隆起に沈みこんだ。ぐいぐいと揉みしだくとマヨネーズのチューブのような形になり、真っ黒い乳首が淫らに尖《とが》っていた。

自分はいったい、なにをやっているのだろうと思った。

ヒラリーマンの三上にとって、一千円は決して無駄にできない金額だ。それでなくとも、今日は特急列車の往復や、変装のための服や帽子で散財している。気分を変えるのなら、千円でベロベロになれる激安酒場で充分だったのに、なにが悲しくてビヤ樽おばさんのおっぱいなど揉んでいるのか。

だが、酒場に入ってひとり酒を決めこんだところで、結局はフーゾクに雪崩《なだ》れこんだだろう。雪崩れこまずにいられなかったに違いない。

勃起が治まらなかったからだ。

〈ぷにゅぷにゅまにあ〉が卑猥な衣装を披露した第二部のステージを目の当たりにした瞬間から、三上は痛いくらいに勃起していた。すべての公演が終了し、街をさまよいだしても治まらなかった。むしろより硬く、より野太くみなぎって、熱い脈動まで刻みはじめた。頭の中では、愛子が踊っていた。キレッキレダンスを、エンドレスで繰り返していた。

「ふふっ、すごいのね、お客さん」

ビヤ樽おばさんが笑った。その手は三上の股間に置かれていた。

「もうこんなになってるの？　まだズボン穿《は》いているのに、こんなにパンパン。わたしってそんなにそそる女？」

三上が無視していると、おばさんはベルトをはずし、ファスナーをさげて、勃起しきった男根を取りだした。ブリーフの締めつけから解放されただけで、気が遠くなりそうな快感が訪れた。おばさんはむちむちした太い指を根元にからませると、そっとしごいてきた。見た目はかなり残念だが、感触は悪くなかったので、三上は大きく息を呑んだ。生あたたかい舌が亀頭を這いまわり、唇でカリのくびれをぴったりと包みこまれると、のけぞって首に何本も筋を浮かべた。

さすがにフェラテクは極上だった。

見た目にはなにも期待していなかったので、文句はない。

眼をつぶれば、そこに愛子がいる。ピッタピタの衣装を着けて、キレッキレのダンスを披露している。彼女自身がデザインしたらしいが、あの衣装はいやらしすぎる。サービス過剰もいいところで、ある意味モロ出しのストリップより興奮してしまったが、本当にいやらしいのは衣装ではない。

愛子自身だ。

他のメンバーより十前後年上の熟れた体が、アイドル仕様のエロ可愛い衣装に包まれているから、常軌《じょうき》を逸したいやらしさを放射してしまうのだ。熟れたと言っても、熟れすぎてもいない。三十歳と言えば、若さと熟れの中間にある、女の体の完成度がいちばん高い年齢なのだ。

その証拠に、バストやヒップはこれ以上なく張りつめていた。太腿のむっちり具合など身震いを誘うほどだった。

それに……。

他の観客と違い、三上は愛子の素顔を知っていた。金髪の下に、黒髪のベリイショートという美人にしか似合わない髪型が隠れていることを。だから三上は、思い返していた。ホットパンツの食いこみを眺めながら、女社長の凛々しい素顔が脳裏《のうり》に浮かんでいた。ホットパンツは食いこみすぎて、ともすれば割れ目の形状まで露わになってしまいそうだった。後ろを向けば、尻肉がはみ出していた。タンクトップの中で豊満な双乳が揺れていた。

興奮するなというほうが無理な相談だった。

就任一年の若き女社長がなぜ地下アイドルとして活動しているのか、本質的な疑問さえどうでもよくなった。

あんな衣装をみずからデザインするくらいだから、愛子はおそらく途轍《とてつ》もなく強い性欲の持ち主に違いない。そうに決まっている。

彼女のごとき高めの女は、いったいどんなセックスをするのだろう？

白石麻理江も高めの女だが、プロだった。男に奉仕する宿命を背負っており、実際、ふたりきりになってからの身のこなしやフェラテクはそういうものだった。もちろん、三上がプロの仮面を引っぺがしてやった。淫蕩《いんとう》な牝の本性を露わにしてやった。

愛子はどうなのだろう？

ベッドで裸になっても、澄ました顔をしているのか。あるいは、貪欲《どんよく》に快楽を追い求めるのか。男にしがみついてみずから腰を振り、あの美貌をくしゃくしゃに歪めて、オルガスムスに駆けあがっていっているのだろうか。

「むううっ！」

三上は息を呑んで天を仰《あお》いだ。

ビヤ樽おばさんのフェラチオは続いている。それがプロのテクニックなのか、ビールをご馳走《ちそう》したお返しのつもりなのか、唇をスライドさせる動きが刻一刻と情熱的になっていく。痛烈に吸いたてながら、口内で小刻みに舌を動かす。眼を閉じてさえいれば、極上の味わいだった。瞼《まぶた》の裏には愛子がいる。股間にホットパンツを食いこませて挑発してくる。

直感だが、愛子のセックスは麻理江とはずいぶん違うもののような気がする。同レベルの美人でも、愛子は育ちがよく、頭がいい。大金持ちのお嬢様であり、会社のトップであり、NPO法人に勤めるくらい意志が強い。

わがままなのではないだろうか。

ベッドの中ではどこまでも自分本位に振る舞うタイプではないだろうか。男というものは、美人のわがままに寛容《かんよう》なものだ。美人を怒らせることを、本能的に嫌うからだ。

たとえば、ラブホテルではなくきちんとしたホテルじゃないとベッドインできないと言われれば、どれだけ懐《ふところ》が寂《さび》しくても一流ホテルに予約を入れる。恥ずかしいから部屋を真っ暗にしてとせがまれれば、性器を拝《おが》むことを泣くなく諦めてすべての照明をオフにする。フェラチオなんかできないと言われても、正常位以外の体位を拒《こば》まれても、受け入れるしかない。無理強《じ》いをして、セックスが中止になってしまうのは最悪の展開だからである。

男にとって愛子は、どれだけ無理難題を突きつけられても抱きたい女だった。

となると、愛子はますますわがままになる。褒《ほ》め言葉が足りないだの、キスに気持ちがこもってないだの、服が皺にならない脱がし方をしろだのと、些末《さまつ》なことで臍《へそ》を曲げ、お姫様扱いを要求してくる。

三上はひどく興奮した。

じゃじゃ馬ならしもまた、男の本能に深く刻みこまれた悦びに他ならないからである。

愛子がどれだけわがままでも、セックスが始まってしまえば、イニシアチブはこちらの手にある。麻理江も陥落《かんらく》させたやり方で責めてみれば、愛子はいったいどうなるだろう？　まんぐり返しに押さえこみ、女の急所という急所をいっせいに責められたとき、凜々しい女社長はどんな反応を見せるだろう？　イケそうでイケない焦《じ》らし地獄に、どこまで耐えられるだろう？

「もっ、もう許してっ……」

十回、二十回と絶頂直前に寸止めしてやれば、さすがの彼女ももどかしさに涙するだろう。

「もうイカせてっ……イカせてちょうだいっ……」

愛子がプライドを捨ててそう哀願してきたとき、いったいどれほどの満足感が訪れるのか、いまの三上には想像もつかなかった。しかし愛子も、人間である以上、性欲がある。焦らされれば燃える。オルガスムスが欲しくて欲しくてどうしようもなくなってくる。それを味わうためならば、どんな恥ずかしいことでもやってのける。屈辱すら受け入れる。イカせてやるから舐めろと命じれば、男の尻の穴まで舐めてくるに違いない。

「むっ……むむむっ……」

三上はおばさんの頭をつかんでうめいた。顔の中心が、燃えるように熱くなっていた。そろそろ我慢の限界だった。全身の血が沸騰《ふっとう》しているようだった。はっきり言って、麻理江を抱いたときより興奮していた。激安も捨てたものではなかった。眼を閉じてさえいれば、ここまで興奮できるものなのか……。

「おおおっ……出るっ……もう出るっ……」

三上は声をあげ、恥ずかしいほど身をよじった。睾丸が体にめりこみそうなくらい迫りあがっていた。全身を小刻みに震わせながら、これから訪れる衝撃の瞬間に身構えた。

「おおおうぅーっ！」

店内に鳴り響くユーロビートに、雄叫びを重ねた。ドクンッ、ドクンッ、と発作《ほっさ》が訪れるたびに、男根の芯に痺《しび》れるような快感が走り抜けていく。身をよじって放出の愉悦を噛みしめる。瞼の裏に、喜悦の熱い涙があふれてくる。

射精は驚くくらい長々と続き、最後の一滴まで漏らしおえると、全身がぐったりと弛緩《しかん》した。乱れた呼吸を整えるだけの時間が過ぎた。憂鬱《ゆううつ》だった。できることなら、ずっとこのまま暗闇の中にいたかった。呼吸が整ってしまえば、現実に戻らなければならない……。

恐るおそる瞼をもちあげた。

「ふふっ、いっぱい出たねえ」

おばさんが口を開き、白濁のエキスをおしぼりに吐きだした。三上は泣いた。喜悦の涙を流していたはずなのに、涙がたまらなくしょっぱかった。

第三章　まさかの豹変《ひょうへん》

1

翌日も、三上は〈ぷにゅぷにゅまにあ〉のライブを観にいった。

今度は準備万端《ばんたん》だった。カジュアルな着替えを用意し、撮影禁止の場内で写真を撮るために盗撮カメラを帽子の中に仕込んであった。荷物が多かったし、足も必要なので、特急列車ではなくラパンでやってきた。時間的には倍の二時間かかったが、海際のドライブだったので気分は悪くなかった。

ライブが終わると、再びスーツに着替えてラパンの中で待った。終演後三十分ほどは店の前に客がたむろしていたが、彼らが徐々に引きあげていくと、それを待っていたかのように愛子は店から出てきた。

まだ何人か追っかけのような連中が残っていたが、愛子には見向きもしなかった。黒髪のショートヘアに濃紺のパンツスーツ姿が、まさか金髪を振り乱して踊っているアイコだとは思わなかったのだろう。あるいは、他の若いメンバーが目当ての男たちなのかもしれないが……。

三上はラパンのハンドルを握りながら、深呼吸をした。何度も繰り返した。

自分はいったい、なにをしようとしているのか……。

柳田に報告するべき材料は、すでに揃っていた。盗撮画像も含めて、愛子の弱味をしっかりと握った。失脚させるためにはいささか弱いかもしれないけれど、彼女のクリーンなイメージを台無しにするには充分だった。

つまり、愛子が店を出てくるのを待っている必要などなかったのだ。

さっさと自宅に帰ってひとりで祝杯でもあげ、明日になったら胸を張って副社長室を訪れて、柳田に頭を撫でてもらえばいいだけだった。

なのに……。

三上はラパンで駅前に先まわりし、愛子が繁華街から出てくるとクルマからおりて声をかけた。名刺を渡し、〈鶴組〉の社員であることを名乗った。

「家まで送らせていただけませんか？　社長を乗せるのに、軽自動車で申し訳ありませんが」

愛子は眉をひそめたが、三上は怯《ひる》まなかった。

「ライブ、観せてもらいましたよ。〈ぷにゅぷにゅまにあ〉。昨日今日と続けて観て、すっかりファンになっちゃいましたよ」

さすがに愛子の顔色は変わった。視線を泳がせ、息を呑んだ。

「どうぞ」

三上は助手席のドアを開けた。愛子はしばし黙して動かなかったが、立ち尽くしていてもしかたがないと悟《さと》ったようで、ラパンに乗りこんだ。

運転席にまわった三上は、アクセルを踏みこむ前に、愛子にタブレットを渡した。金髪のカツラを被った愛子が、ステージで踊っている画像である。

「すいません。撮影禁止なのはわかっていたんですが……」

三上はクルマを発車させた。

静止画像で確認すると、踊っているときの愛子の表情は、驚くほど活《い》きいきとしていた。夢中になっているのを通り越して、恍惚《こうこつ》としていると言ってもいいくらいだった。

愛子がタブレットをスワイプして、画面を送った。何枚目かで、頬が赤くなった。ホットパンツが食いこんでいる股間を、アップでとらえた画像が出てきたからである。

「……なにが目的なのかしら？」

愛子の声は、可哀相《かわいそう》なほど震えていた。

「社長の裏の顔が地下アイドルだってわかったら、社内の人間はさぞや驚くでしょうね」

三上はハンドルを操作しながら答えた。

「社長の人気は、若い社員の間では絶大だ。僕の知ってる限り、悪口を言ってる人はほとんどいませんよ。でも、さすがに……いい歳してステージで腰振って、パンチラで客席を熱狂させているってなったら、ドン引きでしょうね。ましてや、ホットパンツの衣装はえぐい。いくらなんでもえぐすぎるでしょう」

愛子は下を向いて黙っている。

「どうして地下アイドルなんて始めたんです？」

答えない。

「ダンスが好きなら、フィットネスクラブにでも行けばいいじゃないですか。なにもわざわざオタクが集まったライブハウスのステージに立たなくても」

愛子はまだ黙したままだ。

三上は切り札を切ることにした。

「あのライブハウスが入った雑居ビル、〈鶴組〉の所有不動産でしょ？　鶴谷ビルって名前ですもんね」

「なっ……」

なぜそれを知っている、と愛子は言いたかったようだが、言葉は続かなかった。さすがに三上がそこまでつかんでいるとは思わなかったのだろう。

「一階から七階までのテナントからは、毎月賃料が会社に振りこまれてます。帳簿で確認しました。でも、あのライブハウスからは一円も入金されていない。いったいどういうことなんですか？」

たまたま発見した事実だった。昨夜、ピンサロで射精を遂《と》げたあと、三上はライブハウスに戻った。目的があったわけではなく、駅へ向かう帰り道だったからだが、なんとなくビルのまわりを一周してみた。地下に続く階段とは反対側に、正面玄関があった。階上にはレストランやスナックがテナントとして入っていて、鶴谷ビルという名前が眼に飛びこんできた。

なにかがありそうな気がして、今日は出社するなりN市の鶴谷ビルについて調べてみた。〈鶴組〉はS市内にいくつかテナントビルや駐車場を保有しているが、N市の物件はひとつだけだった。

「あのビルは……もともとわたくしのうちの持ち物なの……会社のものじゃなくて、鶴谷家の……」

「でも、いまは会社の名義になってます」

愛子は言葉を返せなかった。

「事情を話してもらいましょうか?」

三上は声を低く絞った。

「黙ってないで、いま話したほうがいいですよ。僕はまだ、社長の敵じゃない」

いったいなにを言ってるのだ、ともうひとりの自分が耳元で言った。愛子は明確な敵ではないか。柳田派閥の末席に座り、愛子を失脚させようとして毎日朝晩の尾行を続けていたのだから……。

「ぐ、偶然……」

愛子は震える声で言葉を継《つ》いだ。

「すべては偶然なんです…… 一年前、わたくしが三代目の社長になったばかりのころ、古い知りあいにあのスペースを貸してほしいって頭をさげられて。なにをするのか訊ねたら、ライブハウスをつくって地元のアイドルを育てたいって…… 一瞬啞然としましたけど、話を聞いているうちに引きこまれていきまして。〈ぷにゅぷにゅ〉のメンバーも、いい子たちばかりだし。レッスン場に遊びにいったら、四人で歌って踊ってくれて、とっても楽しそうだった。それに衣装が……馬鹿にされるかもしれないけど、わたくし、ああいう女の子っぽいふりふりの衣装がすごく好きなんです。一着余ってたから貸してもらって、遊びで一緒に踊ってみたら、すごく嵌《はま》って……」

「メンバーになったわけですね」

「もちろん、最初は断りました。ひとりだけ年上で恥ずかしいし、社長業もありましたから……でも、どうしてもってお願いされて。はっきり言われたわけじゃないですけど、わたくしがメンバーになれば、賃料を安くできるって思ってたんでしょうね。あまり儲《もう》けは期待できないから、できるだけ安く貸してほしいって言われてましたし」

「で、まんまと向こうの作戦に乗って、タダで貸してしまったと」

あまりの人のよさに溜息が出そうだった。

「だって……あそこだけ極端に安くしたら、他のテナントとのバランスがとれないじゃないですか」

「でも、タダで貸すのは公私混同でしょ。会社に対する背任行為《こうい》だ」

愛子は黙ってしまった。

三上も黙してクルマの運転をした。S市までの道のりは長かった。しばらくすると、黙っているのが苦痛になってきた。

「ダンス、異様にうまいですね」

「そんなこと……」

「いいえ、キレッキレでした」

「……いちおう、高校時代、チアリーダー部で……補欠でしたけど……」

「へえぇ……」

意外だった。チアリーダーというのも意外だったし、なんでも器用にこなしそうな愛子が、補欠だったというのは小さな驚きだった。

もしかすると、彼女が三十路にもなって地下アイドルになった背景には、そのときのコンプレックスがあるのかもしれない。高校時代の彼女が、超絶的な美少女だったことは想像に難《かた》くない。にもかかわらず、補欠。これはこたえる。その後の人生に暗い影を落としてもおかしくない。

「言い訳になりますけど……」

愛子は気まずげに言葉を継いだ。

「社長になったプレッシャーが、やっぱり大きかったんだと思います。どこかでハジけてないと、バランスがとれなかったっていうか……」

「だからって、公私混同して、会社の不動産をタダで貸したりしたらまずいでしょ」

愛子は言葉を返せなかった。

赤信号でクルマを停め、三上は愛子を見た。顔色が青ざめ、いつもの凜々しさはすっかり影をひそめていた。

「わたくし、社長をやめます」

愛子はうなだれて言った。

「ライブハウスのテナント料も、きちんと会社にお支払いします。ですから、お願い……〈ぷにゅぷにゅ〉のことは伏せておいていただけないかしら。飛ぶ鳥跡を濁《にご》さずにしたいですから……」

今度は三上が黙る番だった。

2

鶴谷愛子の口から、社長をやめるという言葉を引きだした。

これは大変な成果と言っていい。

弱味をつかむどころか、一足飛びに失脚させるまで追いつめたのだから、万歳《ばんざい》三唱をしてもいいところだ。

しかし、うなだれている愛子を見ていると、とてもそんな気分にはなれなかった。

美人というのは恐ろしいもので、愁《うれ》いを浮かべた横顔がゾッとするほど色っぽかった。

と同時に、愁いを浮かべさせている自分が、とんでもない悪人に思えてくる。愛子の眼尻に涙が浮かんでくると、これほどの美女を泣かせてしまうなんて、極刑にも値《あたい》する悪事を働いているような気分になった。

だいたい、愛子がそれほど悪いことをしたのだろうか？

いい歳して地下アイドルにうつつを抜かしている事実は、社員が知ればドン引きされるに違いないが、あくまで個人の趣味の範疇《はんちゅう》だ。会社のビルをタダで貸していた件にしても、彼女がテナント料を補填《ほてん》すればすむだけのことで、なにも社長をやめることはないのではないだろうか。

「だ、黙ってましょうか……」

三上はそっとささやいた。

「この事実は、まだ僕しか知りません。僕が黙ってれば……」

「それは……」

愛子は大きく息を呑んだ。

「それはいけません。わたくしが罪を犯したのは事実で、三上さんはそれを知ってしまったんです。見て見ぬふりをすれば、三上さんも同罪になります」

同罪どころか、愛子の弱味を見逃せば、三上は柳田に見放されるだろう。いつまで経っても成果を出せない無能者の烙印《らくいん》を押され、それだけならまだいいが、弱味をつかんでいたのに隠し立てしていたことがバレれば、出世の道は完全に断たれる。

だが、それがいったいなんだというのだろう。

三上はもともと出世など望んでいなかったし、できるとも思っていなかった。単に元に戻っただけだ。それよりも、この手で愛子を失脚させるほうがよほどつらい。おそらく罪悪感から一生逃れられなくなる。

「社長と同罪でいいです」

三上は遠い眼で前を見ながら言った。

「ただ、ライブハウスのテナント料だけは、きちんと支払っておいてください。そうすれば、社長はなにも悪いことはしていないことになる。アイドルごっこなんて、他人が口を出すべきじゃない個人的な趣味の話だ」

「三上さん……」

愛子は涙で潤んだ声で言った。

「ありがとう……わたくし、なんてお礼を言っていいか……」

次の瞬間、事件が起こった。愛子の手が、三上の太腿の上に乗ったのだ。愛子にしてみれば、感極まった無意識の所作だったのだろう。だが、三上は勃起していた。愁いを浮かべた愛子の横顔を見た瞬間から、痛いくらいに硬くなっていた。愛子の手が置かれた場所は、股間のすぐ側だった。

「ありがとう……ありがとう……」

愛子が手を動かすと、指先が男根に触れた。あわてて手を引っこめた。車内の空気が、凍りついたように固まった。

勃起に気づかれてしまったのだ。

三上はパニックに陥りそうになった。勃起に気づかれたことが、身をよじりたくなるほど恥ずかしかった。秘密は守ると格好をつけておきながら男の器官を勃てているなんて、馬鹿丸出しである。

そして……。

恥ずかしさと同時に、もっと触られたいという耐えがたい欲望がこみあげてきた。やっかいな感情だった。恥ずかしさを誤魔化したい衝動と相俟《あいま》って、三上はとんでもないことを口走ってしまった。

「ま、まさか……まさか、社長、タダで秘密を守ってもらえるなんて思ってないでしょうね」

険しい表情でささやくと、

「えっ……」

愛子は眼を見開いた。

「社長が地下アイドルでパンチラばかり見せてること、黙ってろというなら黙ってますよ。でも、タダじゃ無理だ。こんなおいしいネタ、たとえば柳田副社長が知ったら、タコ踊りして喜びますよ。これで愛子社長をパージできるってね。知らせた僕は高級クラブで飲ませてもらって、ホステスをお持ち帰りですよ。新町の美人ホステスと朝まで抜かずの五発ですよ。それをふいにしても社長の力になりたいと言ってるんだから、それなりのことをしてもらわないと……」

「い、いったいなにを……」

三上は答えずにハンドルを切った。道沿いにあるラブホテルのアーチをくぐり、地下駐車場でエンジンを停めた。

「わかりますね？」

愛子を見た。美貌が真っ赤に染まって、これ以上なくこわばっていた。やってしまった、と三上は自分の行動に戦慄《せんりつ》していた。しかし、もう引き返せない。こうなってしまった以上、ワルを演じつづけるしかない。

「一回だけでいいですよ。ご休憩の二時間かそこらのことです。それで秘密は守りましょう。社長はライブハウスのテナント料の件を解決して、何食わぬ顔で地下アイドルを続ければいい」

愛子は黙っている。視線だけをせわしなく動かしている。

「社長は僕のいっこ上の三十歳でしょ？　カマトトぶる年でもないじゃないですか。チャッチャとすませちゃいましょう」

シートベルトをはずし、クルマをおりようとすると、愛子が腕をつかんできた。

「それは……許して……」

可哀相なくらい、声を震わせて言う。

「ダメです。もし拒むなら、明日の朝、柳田副社長にすべてを告げます。いや、それだけじゃない。〈ぷにゅぷにゅまにあ〉の恥ずかしい画像を社員に一斉送信します。そうなったら、飛ぶ鳥跡を濁さずどころの話じゃない。社長は赤っ恥をかいて、おじいちゃんが創業した会社から石もて追われることになる」

「……ひどい」

「そう、ひどい。ひどいことにならないためには、少し我慢してもらわなくちゃならない。ほんの少しですよ、社長」

三上は言い、腕をつかんでいる愛子の手をほどき、クルマからおりた。もし、愛子がおりてこなかったら、自分の言葉を実行に移すつもりだった。それならもう、情けをかける必要などなかった。つかまれて困る秘密をつかまれてしまったのは、愛子のほうなのだ。こちらは未来を棒に振ってまで、助けてやろうとしているのだ。

にもかかわらず拒むのなら、それが彼女の本意なのだろう。

たっぷり恥をかいて、会社から去ってもらうしかない。

助手席のドアが開いた。

愛子が出てきた。

幽霊のように生気のない表情で、ラブホテルの入口に向かってゆっくりと歩きだした。

3

卑劣《ひれつ》なやり方だった。

弱味をつかんで体を求めるなんて、男として最低の行為に違いなかった。

セックスのためだけに用意された部屋でふたりきりになると、三上の胸は痛んだ。罪悪感に目がくらみそうだった。

しかし、愛子はついてきた。三上に抱かれることを拒まなかった。パネルで部屋を選び、エレベーターに乗っている段階から、三上は息苦しいほど興奮していた。これから愛子を抱けるのだ。高めの女の最高峰と言っていい、女社長と裸になってまぐわえるのだ。

興奮と同時にこみあげてくる罪悪感を抑えるために、なにも痛い目に遭わせるわけではない、と胸底でつぶやく。セックスは、男と女が気持ちがよくなるためにするものだ。愛子にだって、気持ちよくなってもらうのだ。こうなった以上、指が痺れ、舌が抜けそうになるほど、愛撫してやるつもりだった。それが、覚悟を決めた彼女に対する、せめてもの礼儀というものだろう。

ところが……。

密室でふたりきりになり、巨大なベッドの前で抱きしめようと身をよせていくと、愛子は逃げた。この期《ご》に及んで気が変わったのかと不安になったが、そうではなかった。

両手を罪人のように突きだし、

「縛《しば》ってください」

低く絞った声で言った。

三上は一瞬、返す言葉を失った。まさかと思った。人は見かけによらない。ＳＭ趣味があったのかと思ったが、そうではないようだった。

「わたくし、愛していない男の人に抱かれるのは初めてなんです。体が自由だと、抵抗してしまうかもしれません。そんなことになったら、三上さんに恥をかかせてしまうことになります……だから、縛って……」

「い、いやあ……」

三上は苦笑するしかなかった。

「そう言われても……縛るのはべつに……そこまでしなくても……」

口の中でもごもご言うと、

「あんがい意気地《いくじ》がないんですね」

愛子は落胆した表情で言った。

「女の弱味をつかんでホテルに連れこむようなことをしてるのに、縛ることもできないいんですか？」

落胆を通りすぎ、軽蔑《けいべつ》に曇った瞳で見つめられ、三上は焦った。美人の特徴なのだろう、感情が過剰に伝わってきた。彼女が怒れば怖く、泣けば同情せずにはいられない。軽蔑されると、自分の存在意義が揺らぐ。この女に軽蔑されてはならないと、心が悲鳴をあげはじめる。

三上は息を吸い、吐いた。深呼吸をしても緊張はとけなかったが、腹を括《くく》るしかないようだった。

「わかりました」

ギロリと眼を剝き、愛子を睨みつけた。こうなった以上、卑劣な男を貫くしかない。軽蔑されるより、憎まれるほうを選ぶしかなかった。憎まれることを恐れるなら、こんなことはハナからすべきではなかったのだ。

「縛ってほしいなら、そうさせてもらいますよ。ただ、自分で縛ってくれなんて言っておいて、あとから泣き言を言っても許しませんからね」

愛子がうなずいて両手を差しだしてくる。

三上はネクタイをはずすと、愛子の背後にまわった。両手を拘束《こうそく》するなら、前より後ろだ。ＳＭの経験はなかったが、興味がまったくないわけではなかった。実際、インターネットでＳＭ系のアダルトサイトにアクセスすることもよくある。あれは興奮する。女を支配している男も、男にひれ伏す従順な女も、いまの世の中ではファンタジーだ。リアリティがないけれど、そこがいい。夢の中でくらい、女に気を遣《つか》わず自分の快楽だけを追求してみたい。

ところが……。

偶然にもいま、そんな状況が転がりこんできた。普段は仰ぎ見るような高めの女を、両手で縛りあげた。拘束というのは不思議なものだった。ネクタイ一本で両手の自由を奪っただけなのに、関係性が劇的に変わった。高めの女と冴えない男、社長と平社員というヒエラルキーが、ひっくり返ってしまった。

愛子は美貌をこれ以上なくこわばらせ、不安げに眼を泳がせている。それもそのはずだった。愛子はいま、胸を触られても股間をいじられても抵抗できない。照明を暗くしてほしくても、三上が無視すればそれで終わりだ。明るい中で、女の恥部という恥部をさらけだされ、むさぼり眺められても手も足も出ない。

足……。

両手の自由は奪ったものの、濃紺のパンツスーツに包まれた愛子の両脚はまだ自由だった。バランスが悪い気がした。どうせなら足も拘束してしまったほうが興奮するのではないだろうか。

「いい格好ですね」

三上は愛子の背後から、耳元でささやいた。

「これでもう、どんないやらしいことをされても、抵抗できませんね」

言葉に反応したのか、あるいは耳が敏感なのか、愛子はビクンと身をすくめた。

「自分でも見てみたいでしょ」

三上は玄関前に置かれている姿見を、自分たちのいる場所に運んできた。これでベッドの上からでも、鏡に映った自分たちの姿を眺めることができる。

愛子は顔をそむけたが、双頬が生々しいピンク色に染まっていた。両手を拘束された自分の姿が、一瞬でも視界に入ったのだろう。

「いや……」

「どうして？　どうして鏡なんて持ってくるんです？」

「よく見えるようにですよ」

三上が背後から双乳をすくいあげると、

「あああっ……」

紅潮した美貌がぐにゃりと歪んだ。伏せられた長い睫毛を揺らし、唇をわななかせた。

「どうです？　縛られて愛撫されるのってこんな感じですよ。これが社長の望んだことなんですよ」

三上の声は興奮に上ずっていた。濃紺のパンツスーツは、三代目女社長のトレードマークのようなものだった。その上から乳房を鷲づかみにするのは、女社長の権威を穢《けが》しているようで、後ろめたくもたまらない刺激があった。罪悪感を覚えながらも、興奮のほうが遥《はる》かに強かった。ジャケット越しに、ぐいぐいと揉みしだいてしまう。

「ううっ……くぅううっ……」

愛子が歯を食いしばって声をこらえる。麻理江もそうだったが、高めの女は声をあげるのは恥ずかしがる傾向が強いのだろうか。だが麻理江も、結局は快楽に翻弄《ほんろう》され、喜悦の悲鳴がとまらなくなった。愛子もそうだろう。いや、愛子の場合はもっとすごいことになるはずだ。麻理江よりもずっと念入り、遥かに時間をかけて責めるつもりだからである。

三上は愛子の双乳を揉んでいた手を腰にすべり落とした。ベルトをはずし、ボタンもはずす。ちりちりとファスナーをさげていくと、一気にズボンを足首までおろした。

「いやあああーっ！」

愛子が悲鳴をあげる。しかし、声をあげたいのはむしろ自分のほうだと三上は思った。

濃紺のパンツスーツの下から現れたのは、光沢のあるナチュラルカラーのパンティストッキングに包まれた下肢《かし》だった。逞《たくま》しいほど張りつめた太腿が、三上の眼をまず射った。さらにゴールドベージュのショーツが、股間にぴっちりと食いこんでいる。両サイドにレースの飾りがついたセクシーなデザインだったが、そんなことよりヴィーナスの丘の盛りあがり方がすごい。いわゆるモリマンというやつだ。なるほど、これほど盛りあがっていれば、ホットパンツが食いこんだ姿がいやらしく見えるはずである。

三上の熱い視線を感じたのだろう。

「みっ、見ないでっ！」

恥辱《ちじょく》に両膝を震わせていた愛子は、もう耐えられないとばかりにしゃがみこんだ。やはり、両足の自由も奪うべきだった。三上はしゃがみこんだ愛子を抱えあげて、ベッドに移動した。ズボンを完全に脱がせると、片側の裾を愛子の右膝に括りつけた。

「なっ、なにをっ……あああっ……ああああああーっ！」

ズボンを背中にまわし、今度は反対側の裾を左膝に括りつけていく。その前に、両脚をM字に割りひろげた。ズボンを使い、両脚の自由を奪った。閉じることができないようにして、鏡に体を向けてやる。

「いやあああああーっ！」

愛子が対面したのは、見るも無惨になった自分の姿だった。上は濃紺のスーツ、下はショーツとストッキングだけという恥ずかしすぎる格好で、M字開脚に拘束されたのである。愛子は真っ赤に染まった顔を歪めて、いまにも泣きそうになっている。だが、泣くのはまだ早い。

「社長が縛れって言ったんですからね」

三上は愛子の背後に陣取った。鏡越しに視線が合った。

「これは社長の希望を叶えた結果なんですよ」

「わっ、わたくしは手を縛ってと言っただけで、足はっ……足まではっ……しかもこんな格好っ……」

「覚悟を決めたらどうです？」

三上は愛子のジャケットのボタンをはずしていった。ブラウスのボタンも素早くはずし、ゴールドベージュのブラジャーを露わにする。愛子に悲鳴をあげる隙《すき》も与えず、カップをめくって乳房を出す。豊満なサイズだったので、背中のホックをはずさなければすべてを取りだすのは不可能のようだったが、ピンク色の乳首が露わになった。それで充分だった。

「どんどんいやらしい格好になっていきますね」

耳元でささやきながら、乳首に指を伸ばしていく。左右とも人差し指を使って、くすぐるようにいじりまわす。

「ああああっ……あああああーっ！」

ごく微弱な、軽い刺激にもかかわらず、愛子は激しく首を振った。耳を出したベリィショートのヘアスタイルでは、髪に顔を隠す芸当を見せることもできない。恥にまみれて歪んだ美貌が、鏡越しにしっかり見えた。三上は熱い視線で愛子の顔をむさぼり眺めながら、乳首をしつこくいじりまわした。

清らかなピンク色が眼にしみた。しかし、感度は年相応に発達しているようで、すぐにむくむくと突起してきた。つまめばさらに硬く尖った。愛子は身をよじりたいようだったが、必死にこらえている。身をよじれば、鏡に映った自分の姿がよりいっそういやらしいものになるからだ。

しかし、いくらこらえても無駄だった。愛子が目の前の鏡に恥ずかしすぎる自分の姿を映すのは、時間の問題だろう。

三上は左手で乳首を刺激しながら、右手を股間に伸ばしていった。まるでここを触ってくれと訴えているように、パンティストッキングのセンターシームが股間を縦に割っている。その下には、女の割れ目があるはずだった。

二枚の薄布越しになぞった。触れる前から、指に熱気が伝わってきた。こんな状況にもかかわらず、愛子は興奮しているようだった。三上は素早く軽いタッチで指を動かした。すりすりっ、すりすりっ、と割れ目をなぞった。ざらついたナイロンの感触が卑猥だった。その奥から放たれる熱気に、身震いするほど興奮してしまう。

「くぅううーっ！　くぅうううぅーっ！」

愛子は火を噴きそうなほど美貌を真っ赤に燃やし、首に筋を何本も浮かべてうめいている。まだ悲鳴をこらえ、身をよじるのを我慢しているが、風前の灯火《ともしび》だった。宙に浮いた左右の足指を、必死になって丸めていた。ストッキングのナイロンに包まれた中で、汗すらかいていそうだった。

足指ひとつを見ただけで、愛子が感じているのはあきらかだった。ある意味、三上の予想を超えた反応だったと言っていい。彼女にとっては、不本意なセックスのはずだった。不本意に決まっている。理不尽《りふじん》とすら言ってもいいくらいだから、マグロに徹するかもしれないと恐れていた。

しかし、嬉しい誤算が起きた。愛子はマグロでいたくてもいられない、敏感な性感の持ち主らしい。悲鳴をこらえ、身をよじるのを我慢しても、右手の人差し指に湿り気が伝わってきた。匂いも漂ってきた。女体の発情を伝える、鼻につく発酵臭である。

パンツスーツのズボンを脱がせたとき、愛子の下半身からは薔薇の香りでも漂ってきそうだった。光沢のあるナイロンに包まれて輝く女らしい下肢は、それほどの気品と清らかな色香をたたえていた。

だが、実際に漂ってきたのは、薔薇の香りではなく獣じみた発情の匂いだった。いくら気品があっても、彼女は獣の牝だった。クリーンで清廉潔白なだけではない、魔性の部分を体の中に隠しもっているのである。

4

「そろそろご開帳といきましょうか」

鏡越しに愛子を見つめると、眼をそむけられた。そんなことをしても、両脚は恥ずかしすぎるM字開脚だった。ストッキングのセンターシームが、股間を縦に割っていた。こんもりと盛りあがったモリマン具合もいやらしく、若き女社長の凜々しさを台無しにしていた。

ビリビリッ、とわざと大きな音をたてて、三上はストッキングを引き裂いた。愛子は泣きそうな顔になり、唇を嚙みしめて悲鳴だけは必死にこらえた。

ストッキングの穴から、ゴールドベージュのショーツが露わになった。そのフロント部分に、三上は指をかけた。心臓が早鐘を打っていた。いよいよ愛子の女の部分が拝める——そのことにももちろん興奮していたが、恥部を露わにされたときの愛子の表情を想像すると、生唾を呑みこまずにはいられなかった。

わざとゆっくり時間をかけて、ショーツをめくっていった。まず、黒い繊毛が露わになった。顔に似合わず濃く茂っていた。いや、見事な生えっぷりと賞賛したくなるほどの剛毛だった。まるで獣のようだ。まさかここまで黒々としていようとは、夢にも思っていなかった。

「ずいぶん濃いじゃないですか」

嘲《あざけ》るような笑みをもらしてやると、愛子がキッと睨んできた。もちろん、一瞬のことだった。次の瞬間には、黒々とした草むらの奥にある部分を露わにされる恥辱に、身をすくめた。

「くくっ……くくぅうっ……」

じりっ、じりっ、とショーツのフロント部分が片側に掻《か》き寄せられていくほどに、愛子の美貌は赤くなっていく。すでに真っ赤になっているはずなのに、耳や首筋、胸元まで紅潮させて、恥辱にあえぐ。

「見ますよ、社長……見ちゃいますよ……」

三上は興奮に声を上ずらせて、ショーツを最後まで掻き寄せた。黒々と茂った密林の奥に、アーモンドピンクの花びらがチラリと見えた。陰毛が濃すぎてよく見えなかったが、異様な興奮を誘ってきた。

高めの女の秘部だった。〈鶴組〉のトップに立っている美人社長の、もっとも恥ずかしい部分だった。

三上は剛毛を指で掻き分け、花びらを露わにした。ジャングルじみたまわりの様相と打って変わって、花びらそのものは慎ましやかで、美しいシンメトリーを描いていた。左右の花びらがぴったりと口を閉じ、男を興奮の坩堝《るつぼ》に誘いこむ縦一本筋をつくっていた。

「みっ、見ないでっ……」

か細く震える声で、愛子が言った。いまにもしゃくりあげてしまいそうだったが、見ないわけにいくはずがなかった。

三上は人差し指と中指を、縦一本筋にそっとあてがった。花びらの生々しい感触に身震いしながら、指を開いた。逆Vサインになった指の間から、薄桃色の粘膜が恥ずかしげに顔をのぞかせた。心が洗われそうなほど清らかな色をしていたが、ねっとりと濡れ光る発情の蜜をいやらしいほどたたえていた。ただ花びらを開いただけで、アヌスの方に垂れていった。肉ひだのスパイラルが、息づくようにうごめいていた。まるでそこだけ、愛子とは別の意思をもった生き物が生息しているようだった。もちろん、いやらしすぎる意思だ。快楽だけを貪欲に求める淫蕩な意思をもっているのだ。

「どんな気分ですか?」

鏡を見ながら、愛子の耳元でささやいた。

「会社じゃ口をきくこともない下っ端にオマンコひろげられて、なにを思いますか、社長」

言いながら、クリトリスの包皮を剝いていく。穴の奥より透明感のある、真珠のような発情器官が姿を現す。

「ううっ……」

愛子は真っ赤になった顔をそむけて、恥辱に打ち震えるばかりだった。三上はクリトリスの包皮を被せては剝き、剝いては被せた。リズムを刻みながら、耳元に熱い吐息を吹きかけると、ぶるぶるっ、と愛子は震えながら身をすくめた。

感じていることはあきらかだった。

これ以上ない恥辱に打ちのめされながらも、彼女の欲望には火がついている。包皮を被せた状態で、真珠肉をねちっこく指で転がした。そうしつつ、割れ目のほうも刺激していく。縦一本筋を執拗になぞる。左手では乳首をいじっている。つまみあげては爪ではじき、絶え間なく刺激を送りこみつづけている。

「ねっ、ねえ三上さんっ……」

愛子が震える声で言った。

「ごめんなさいっ……縛ってなんて言ってごめんなさいっ……わたくしが間違ってましたっ……もう許してっ……こんなの耐えられないっ……ぅんんっ！」

それ以上言わせなかった。唇を重ね、舌を吸った。愛子の瞼が半分落ちる。恥辱に身悶《みもだ》えながらも、濡れた瞳が諦観の色に染まっていく。

愛子の口の中は唾液があふれていた。三上はそれを啜《すす》りながら、左右の手指をしつこく動かした。時間をかけてじっくり責めるのだと頭ではわかっていても、右手の動きが次第に速く、熱っぽくなっていく。発情の蜜があふれてきたからだ。尋常《じんじょう》な量ではなかった。みるみる指が泳ぐほど潤っていき、指を入れるとさらに盛大にあふれてきた。

搔き混ぜれば音がたった。卑猥な肉ずれ音が、美しい女社長をふたつの意味で追いこんでいく。涙が出そうなほどの恥辱を覚えつつも、愛子は感じている。中で指を動かせば、腰がくねった。まだストッキングに包まれている逞しい太腿が、ひきつっては震えている。三上の指がGスポットをとらえると、理性を揺らがせる淫らな刺激の虜《とりこ》になった。

「ぅんんっ……ぅんあああっ……」

なにかから逃れるように、愛子はみずから積極的に舌をからませてきた。しかし、そんなことでは喜悦の追っ手を振りきれない。三上は中指で蜜壺を攪拌《かくはん》しながら、親指でクリトリスを刺激しはじめた。にわかに締まりが増した。指を食い締めてくるようになった。

「……ぅんああっ！」

愛子はキスを続けていられなくなり、ちぎれんばかりに首を振った。

「みっ、三上さんっ……ダメッ……ダメよっ……」

「なにがダメなんです？」

三上はとぼけた顔で訊ねながら、指の動きを微調整した。少し弱めて、半分ほど抜いた。愛子があわてて股間を押しつけてくる。イキたいのだ。オルガスムスをむさぼりたいのだ。

「ああっ、いやっ……いやよ、三上さんっ……」

「だからなにがいやなんです？」

三上が指を抜き差しすれば、愛子の腰は左右に揺れた。Ｇスポットを押しあげれば、太腿をぶるぶると震わせる。面白いほど反応がいい。指先ひとつで女体を操っている実感が、男心を熱く燃えあがらせていく。

「イキたいんでしょ、社長？」

三上は愛子の中で指を踊らせた。

「そっ、そんなことっ……」

愛子はしきりに首を振るが、絶頂を求めていることは明白だった。

「イキたいなら、イカせてって言えばいいじゃないですか」

「だっ、だから、わたくしはっ……」

「イキたくないんですか?」

三上は穴から指を抜いた。左手も乳首から離した。

「ああぁっ……」

唐突に刺激を取りあげられ、愛子はやるせない顔になる。眼尻を垂らし、恨めしげに見つめてくる。

「イキたくないんですよね、社長。そうですよね?」

三上は立ちあがり、愛子の背後から正面へと場所を移動した。鏡越しではなく、直接愛子の恥ずかしい部分をむさぼり眺めた。

「おかしいなあ。こっちはイキたがっているように見えるけどなあ」

愛子の下肢に向かって、両手を伸ばしていく。しかし、肝心《かんじん》な部分ではなく、フェザータッチで敏感な太腿をくすぐった。愛子の腰が跳《は》ねあがる。いやらしいくらいに身をよじっては、その所作を羞じらって唇を噛みしめる。M字に拘束された両脚は、いくら身をよじっても閉じることができない。触らずとも、ぱっくりと口を開いた女陰は涎のように発情の蜜を垂れ流し、後ろの穴までテラテラと濡れ光らせている。

「本当にイキたくないんですか?」

「ううぅっ……」

「イキたいならイキたいって言えばいいじゃないですか。そうしたら、舐めてあげますよ。クリトリスがふやけるくらい……」

ささやきながらも、内腿ばかりをくすぐってやると、

「ううぅっ……くぅうううっ……」

愛子は真っ赤に染まった顔をくしゃくしゃに歪めた。彼女がなにを考えているのか、はっきりとわかった。生温かい舌先で、エロティックに尖りきったクリトリスを舐め転がされるところを想像しているに違いなかった。

だが、言葉は発しない。哀願を口にしようとはしない。体は許しても、心までは許してくれないつもりらしい。

ならば……。

言葉のかわりに、淫らな悲鳴を放ってもらうしかないだろう。

三上は上体を倒し、愛子の股間に顔を近づけていった。むんむんと漂ってくる発情臭を胸いっぱいに吸いこむと、体中が興奮に奮い立った。アーモンドピンクの花びらはすでに蝶々のような形に開いているので、薄桃色の粘膜が露わだった。そこから上に向かって、舌を這わせた。ねろり、ねろり、と舐めあげては、クリトリスを舌先でつっきまわしてやる。

「はっ、はぁあああーっ！」

愛子が甲高い咆吼《ほうこう》をあげる。理性が崩壊したことが、はっきりと伝わってくる声音だった。さらに全身がガクガクと震えだす。宙に浮かんだ左右の足指が反り返っては丸まり、丸まっては反り返る。

三上は右手の中指を穴に挿入した。濡れた肉ひだを掻き分け、掻き分け、上壁のざらついたところを探した。Ｇスポットだ。ヴィーナスの丘を挟んで、外側がクリトリスで内側がＧスポット。女の急所中の急所の、ダブル攻撃である。指を鉤《かぎ》状に折り曲げ、Ｇスポットの窪《くぼ》みに指先を引っかけるようにして抜き差しを開始する。クリトリスは舌先で転がされている。ねちねち、ねちねち、絶え間なく刺激が与えつづけられている。

「あああっ……あああっ……」

愛子が泣きそうな顔になる。すがるような眼で三上を見てくる。なにか言っているが、言葉として聞きとれない。あわあわと口を動かして、オルガスムスの予感におののいている。

「イクんですか、社長？」

三上は怒声にも似た声をあげた。

「イクときはイクって言ってくださいよ。言わないとまたやめちゃいますよ」

「あああああっ……あああああっ……」

愛子にはもはや、三上の声など届いていないのかもしれなかった。眼を開けているのに、焦点が合っていない。彼女に見えているのはもう、迫りくるオルガスムスの高波だけなのかもしれない。

「ああっ、ダメッ……ダメようっ……」

その表情は喜悦に悶えているというより、恐怖をこらえているように見えた。

三上は鉤状に折り曲げた指を抜き差しし、クリトリスを舐め転がした。ほとんど忘我の境地で、その行為に没頭した。ぬんちゃっ、ぬんちゃっ、という粘っこい音が、トランス状態を誘発した。次第に奥が潤んできた。いままでとはあきらかに違う量の蜜があふれてきて、このままイケば潮《しお》でも吹くのではないかと思った。

「……イクッ！」

絞りだすような声がもれたのと同時に、ビクンッ、ビクンッ、と愛子の腰が跳ねあがった。股間を激しく上下させたので、三上はクリトリスを舐めていることができなくなった。指の抜き差しは続けていたが、愛子はエビ反るように腰を跳ねあげるので、それも抜けてしまう。

次の瞬間、股間からなにかが噴射した。潮ではなかった。飛沫《ひまつ》のような可愛いものではなく、大量のゆばりが放物線を描いて飛んできたのだった。

逃れようがなかった。逃れる必要もなかった。あの美しい女社長がゆばりを漏らすほどのオルガスムスに達したのである。その光景は、三上の視線を釘づけにした。頭からゆばりがかかっても、身動きすることなどできない。

愛子から眼が離せなかった。

「ああっ、いやあっ……あああっ、いやあああっ……」

股間からゆばりの放物線を飛ばしながら、ちぎれんばかりに首を振っていた。真っ赤に染まった顔を左右に振りながら、限界まで眉根を寄せていた。小鼻をふくらませ、唇をOの字に開き、目も眩《くら》むほどいやらしい表情をしていた。

5

三上が憮然《ぶぜん》とした表情でバスルームから出てくると、愛子が伏し目がちに近づいてきて、三上の濡れた髪をタオルで拭《ぬぐ》ってくれた。

いじらしい態度だった。

シャワーを浴びる前に拘束をといてやったので、愛子はホテルに備えつけられた薄っぺらいバスローブに着替えていた。彼女が放ったゆばりを浴びた三上は、頭から上半身にかけてずぶ濡れになった。ベッドに水たまりができるような量だったので、愛子もストッキングやショーツはもちろん、ジャケットも多少は濡れてしまったのだろう。

「ご、ごめんなさい……」

愛子は三上の髪をタオルで拭いながら、か細く震える声で言った。

「まさかあんなことになるんて……思ってもみませんでした……」

「よく漏らすんですか、おしっこ？」

三上は冷たい視線を愛子に向けた。

「セックスのとき、感じすぎると」

「まさか」

愛子はあわてて首を横に振った。

「初めてです……あんなことになったのは……」

その答えに、三上は小躍りしたくなった。つまり、彼女は初めて、漏らしてしまうほど感じてしまったということだった。愛子の絶頂放尿シャワーを浴びた男は、この世に自分ひとりしかいないわけである。

一瞬、熱い抱擁《ほうよう》で慰《なぐさ》めてやりたくなったが、ぐっとこらえて憮然とした表情を崩さなかった。これから先の展開を考えると、被害者であることを通したほうがいいような気がしたからだ。ゆばりをかけられたことにつけこめば、どんないやらしい要求でも呑ませることができるに違いない。

「じゃあ……わたくしも……シャワーを……」

愛子がそそくさとバスルームに逃げこもうとしたので、

「待ってくださいよ」

三上はその腕をつかんだ。

「社長はべつにおしっこがかかったわけじゃないでしょ。僕に全部かかったんだから。シャワーを浴びる必要なんてないです」

「で、でも……」

愛子は困惑に美貌をひきつらせたが、

「そんなことより」

三上は腰に巻いていたタオルを取った。勃起しきった男根が唸りをあげて反り返り、下腹に張りついた。熱いシャワーを頭から浴びている間もまるで治まる気配がなく、むしろ硬くみなぎっていくばかりだった。

「知ってるでしょ、社長。男はこういう状態になると、とっても苦しいんですよ。自分ばっかり気持ちよくなって、僕のほうはほったらかしですか」

嫌みったらしく言いながら、三上が頭に思い描いていた展開はフェラチオだった。愛子の罪悪感を揺さぶり、仁王立ちフェラをしてもらおうと思った。美しい女社長をひざまずかせておのが男根を咥えさせれば、天にも昇るような快感が味わえること確実だろう。

しかし……。

「お仕置きしてください」

愛子がまた、わけのわからないことを言いだした。

「おしっこをかけてしまったお詫びに、わたしにきついお仕置きを……」

三上は啞然とした顔で愛子を見た。

縛ってくださいの次は、お仕置きときた。もはや天然と言いたくなるような、頓珍漢《とんちんかん》な台詞《せりふ》だった。三上は険しい表情で、男根をそそり勃てているのだ。臍を叩く勢いで反り返って、涎じみた先走り液を垂らしながら裏側をすべて愛子に見せつけているのだ。ここは誰がどう考えても、お詫《わ》びにフェラチオいたします、と言うべきところではないか。

「お仕置きって……いったいどんなことです?」

いちおう訊ねてみた。

「どんなことでもかまいません。泣かされてしまうようなきついお仕置きでも、わたくし、耐えてみせます」

真顔で言い返され、三上は大きく息を呑んだ。

もしかすると……。

彼女はマゾなのかもしれない、と思った。いじめられることが快楽に転ずる、特殊な性《せい》癖《へき》の持ち主だとしたら、頓珍漢な台詞も少しは理解できる。

先ほどは、縛ってくださいと言ってきた。手だけではなく足まで拘束し、これ以上なく恥をかかせてやったのに、結果は失禁するほどの絶頂だった。本人にその自覚があるかどうかはともかく、マゾ的な性癖があるとでも考えなければ、あそこまで激しくイクのは不自然ではないだろうか。

試してみたらどうだろう?

彼女が本当にマゾなのかどうか、この場で……。

ぶるぶるっ、と身震いが起こった。〈鶴組〉三代目、美しき女社長が実はマゾだったらと思うと、全身の血が逆流していきそうなくらい興奮した。地下アイドルなど目じゃないほどのいやらしさだ。

「社長」

「はい」

「まさかそんな格好でお仕置きしてほしいなんて思ってるんですか？」

「えっ……」

「お詫びの気持ちがあるなら、まず裸でしょ。こっちが全裸なのに、なにひとりでバスローブなんか着てるんですか」

「ご、ごめんなさい……」

　愛子は困惑も露わに、あわててバスローブを脱いだ。下着は着けていなかった。現れたのは、一糸纏《まと》わぬ垂涎《すいぜん》の裸身だった。

　巨乳と言っていいサイズなのに、隆起に気品がある乳房。その先端に咲いた乳首は、どこまでも清らかなピンク色だ。そのくせ、腰は高い位置できっちりとくびれ、大人の女の体型をしている。尻が豊満だから、よけいにくびれて見えるのだろう。さらには太腿と陰毛だ。逞しいほどむっちりと肉づいた太腿と、黒々と茂った逆三角形の草むらは、ともすれば彼女の美貌に似つかわしくないほど濃厚な色香と獣じみたいやらしさを放っている。そのアンバランスさが、たまらなくそそる。むしゃぶりつきたくて、いてもたってもいられなくなる。

　できることなら、この体と組んずほぐれつ、ねちっこいセックスを繰りひろげたかった。二匹の大蛇がからみあうような、そんなまぐわいに淫してみたかったけれど、彼女がマゾかもしれないなら、その本性を暴くのが先だ。臍を叩く勢いで反り返った男根が刺激欲しさに悲鳴をあげていたが、仁王立ちフェラは後まわしにするしかないだろう。

「なに突っ立ってるんですか?」

三上は冷たく言い放った。

「脱いだら土下座でしょ。お詫びがしたいなら当然そうでしょ。そんなことといちいち言わせないでくださいよ」

「ご、ごめんなさい……」

愛子は顔をひきつらせながら、あわてて絨毯《じゅうたん》に両膝をついた。両手もつき、深々と頭をさげた。

「本当に……本当に申し訳ありませんでした……」

「なにを謝ってるんです?」

「えっ……」

愛子が顔をあげる。困惑に表情が歪んでいる。

「なにがどう悪かったと思ってるのか、きちんと言葉にしてくださいよ。じゃなきゃ気持ちが伝わってこない。土下座してたって、腹の中じゃ赤い舌出してるんじゃないですか、社長」

「そ、そんなこと……」

愛子は凍りついた顔を左右に振り、もう一度深々と頭をさげた。

「み、三上さんの顔に……おしっこをかけてしまって……！……ごめんなさい……許してください……」

「どうして、おしっこを漏らしたんです？」

愛子は答えられない。ただ白い裸身を震わせている。

「イキすぎて、我慢できなくなっちゃったんでしょ？　詫びるなら、いやらしすぎることを詫びるべきなんじゃないですか？」

「い、いやらしすぎて……ごめんなさい……」

「気持ちが伝わってきませんよ」

「いやらしい女で……イキながらおしっこもらしちゃうようなどうしようもない女で……本当にごめんなさい」

「もっと頭をさげてくださいよ」

三上は愛子の後頭部を踏んだ。体の芯がゾクッと震えた。

「社長のくせに、謝り方も知らないんですか」

自分の行動に戦慄《せんりつ》していた。足の裏に女の後頭部を感じていた。すさまじい罪悪感が胸を衝《つ》いた。やるからには徹底的にやったほうがいいと思った。抵抗されたらやめようと思った。愛子は抵抗しなかった、ぐりぐりと後頭部を踏み、額を絨毯に押しつけても、声ひとつあげなかった。

「平気なんですか？」

三上は高ぶった声で訊ねた。

「超下っ端の平社員に、こんなことされて平気なんですか？」

愛子の肩に爪先を引っかけ、顔をあげさせた。愛子は睨んでもこず、ただ怯えた顔をしていた。

「あっ、謝り方も知らない女でごめんなさいっ……もっとしてくださいっ……もっとお仕置きをっ……」

濡れた瞳で見つめられ、三上の中でなにかがはじけた。足の裏を、愛子の美貌に押しつけた。女の顔を足蹴にするなど、人として許されない行為だった。しかし、三上はもう、陶酔《とうすい》の中にいた。愛子をいじめることに暗い興奮を覚え、自分を制御できなかった。

「舐めてくださいよ。悪いと思うなら舐めてください。男の面《つら》にしょんべんをひっかけて、悪いと思うなら……」

足の裏で美貌をこすった。敏感ではないその部分でも、愛子の素肌のなめらかさや眼鼻立ちの繊細《せんさい》さが生々しく伝わってきた。これは絶対にバチがあたると思った。思ってもやめられなかった。

6

「四つん這いになってもらいましょうか」

ひとしきり愛子の顔を足の裏でいたぶると、三上は言った。

「望み通りお仕置きしてあげますよ。尻を叩いてあげますから、四つん這いに……」

「おっ、お尻をっ……」

愛子が息を呑んで眼を見開いた。驚いた表情をしたつもりだろうが、三上は見逃さなかった。尻を叩かれるという行為に、愛子はなにかを感じていた。その証拠に、見開いた眼を細めると、瞳がねっとりと潤んだ。いやらしすぎる表情になって、まだなにもされていないのに息がはずみだした。

「ここで四つん這いになってください」

鏡の前を指さして言った。

「ベッドはしょうべんまみれで使い物になりませんからね。もっとも、好都合ですけどね。お仕置きには絨毯の上のほうがいい。セックスの途中でしょうべんを漏らすような女は、床で四つん這いがお似合いだ」

「ううう っ……」

愛子の顔がつらそうに歪んだのは、ベッドを汚してしまった罪悪感からだろう。鏡に向かって四つん這いになった彼女の後ろに、三上は立った。ふたりの姿が鏡に映っていた。異様な光景だった。男と女、人間と人間なのに、飼い主と犬のようだった。牝犬は剝きだしの乳房を垂らして服従を誓い、飼い主は権力を誇示するように男の器官をそそり勃てている。

三上は右の手のひらに、ハーッと息を吹きかけた。

「下を向かないでくださいよ」

鏡越しに視線を合わせて言った。

「お仕置きが効いているのかいないのか、顔が見えなくちゃわかりませんからね」

愛子の視線が泳ぐ。

「わかったんですか!」

三上が声を張ると、ビクンと身をすくめた。

「え、ええ……」

「わかったなら、ちゃんと返事してください！」

「は、はい……」

「もっと大きく！」

「はいっ！」

四つん這いで返事を強要される姿は、まさに従順な牝犬だった。

しかし彼女は美しい。犬にはあり得ないほどの色香をたたえ、男心をどこまでも挑発してくる。

鏡に映った美貌と、目の前に突きだされたヒップのコントラストが、たまらなく卑猥だった。尻の双丘は芸術的なほど丸みを帯び、けれども桃割れからはセピア色のアヌスと黒い剛毛に包まれた女の花が見える。M字開脚で鏡と相対した構図もいやらしかったが、四つん這いもまた相当なものだった。見ているだけで興奮の身震いがとまらなくなり、硬くそそり勃った男根が釣りあげられたばかりの魚のようにビクビクと跳ねてしまう。

「いきますよ……」

三上は尻を撫で、女らしい丸みに息を呑んでから、右手を振りかぶった。スパーンッとサディスティックな音をたてて、容赦《ようしや》なく尻丘を叩いた。

「くううっ！」

鏡に映った愛子の顔が歪む。三上は続けざまに、左手で平手を打ちおろした。往復ビンタをするように、スパーンッ、スパパーンッ、と左右の尻丘を代わるがわる打ちのめした。

「くううっ！　くうううううーっ！」

美貌を歪めつつも、愛子は健気《けなげ》に顔を正面に向けていた。スパーンッ、スパパーンッ、とさらに叩けば、白磁のように輝いていた尻丘が、みるみる生々しいピンク色に染まっていった。

見るからに、痛そうだった。女の尻にはたっぷりと肉がついているので、体の芯まで深刻なダメージが残ることはないだろう。それでも、痛いには違いない。いったん叩くのをやめると、愛子は長い睫毛を伏せて、四つん這いの身をよじった。逞しいほど肉づきのいい太腿を、ぶるぶるぶると震わせた。

しかし、彼女はどうやら、痛みだけを感じているわけではなさそうだった。淫らな匂いが鼻についた。匂いの源泉は、尻の桃割れの奥だった。

「まさか社長……」

三上は尻の双丘をつかみ、桃割れをぐいっとひろげた。黒々とした密林の奥で、花びらの合わせ目がテラテラと光っていた。

「お尻を叩かれて、濡らしてるんですか？　お仕置きされるのに、感じちゃってるんですか？」

「そっ、そんなことっ……」

愛子はあわてて首を横に振った。あきらかに焦った表情をしていた。

「誤魔化したってダメですよ」

三上は右手を上に向け、桃割れの奥に忍びこませた。花びらに触れると、蜜がねっとりと指にからみついてきた。

「ほーら、やっぱり。お尻を叩かれて濡らすなんて、変態ですね」

「ううう……」

愛子の顔が羞恥《しゅうち》に歪みきっていく。三上はその顔を眺めながら、指を動かした。猫がミルクを舐めるような音がたった。花びらをめくりあげれば、蜜は呆れるほど大量にあふれてきて、すぐに指が泳ぎだした。

「ああっ、いやっ……あああっ……」

羞じらいながらも、愛子の体はくねりだした。指先がクリトリスに触れると腰を跳ねさせ、絨毯に爪を立てた。

「なに感じちゃってるんですか？」

三上は右手で愛子の花をいじりながら、左手でスパーンッと尻を叩いた。

「ひいいっ！」

愛子は悲鳴をあげたけれど、尻を逃がしたりはしなかった。逆に突きだしてきた。もっと叩いてとばかりに、あるいは、もっといじってとばかりに……。

彼女は本当に変態性欲者のマゾなのかもしれない、と三上は思った。しかし、変態やマゾという言葉が連想させる暗さが、愛子には皆無だった。

美しすぎるからだ。相手が愛子なら、白眼を剝こうが涎を垂らそうが、決して引かないだろうと思った。実際、ゆばりをかけられても平気だった。怒ったふりはしていたが、本心では興奮していた。ゆばりを漏らすまで追いつめたことに、言いようのない満足感も覚えていた。

「いやらしいなっ！　本当にいやらしい女だなっ！」

三上は鬼の形相で言いたてながら、花びらやクリトリスをいじり、尻を叩いた。乾いた打擲音と愛子の悲鳴が、陶酔を誘ってきた。次元の違うどこかに、愛子とふたりでワープしてしまったようだった。女の体を叩き、悲鳴をあげさせることが、これほど興奮を誘ってくるものだとは思わなかった。尻だけではなく、太腿や乳房も叩いてみたかった。両手を縛ってどこかから吊りさげ、全身に手形が残るくらいスパンキングを浴びせたら、想像もつかないほどの陶酔の境地に至れるかもしれない。

しかし、もう我慢の限界だった。

愛子の内腿は、漏らした蜜で膝までびっしょりに濡れていた。蜜壺の中はいやらしいほどヌルヌルになっているに違いなかった。それが味わいたくて、いても立ってもいられなくなってしまった。

「ああぁっ……」

愛子が鏡越しに視線を向けてくる。細めた眼を歪め、唇をわななかせる。

三上が愛子の尻に腰を寄せ、男根を花園にあてがったからだ。花びらと亀頭が触れたヌルリという感触だけで、三上の顔もひきつった。全身がいきり勃っていた。愛子は呆れるほど大量の蜜を漏らしていたが、三上も男根の先端から大量の我慢汁を噴きこぼしていた。

「いくぞ……」

三上が声を低く絞ると、愛子が息を呑んだ。三上も息を呑み、腰を前に送りだしていく。アーモンドピンクの花びらを巻きこんで、男根を蜜壺に沈めこんでいく。

愛子の中はやはり、奥の奥までしたたるほどに濡れていた。肉と肉とを馴染《なじ》ませる必要などなかったが、一気に根元まで埋めこむことを躊躇《ため》らって、半分ほど挿入したところで小刻みに出し入れした。

粘りつくような音をたてて浅瀬を穿《うが》つと、愛子がうめき声をあげて身をよじった。三上も声をあげてしまいそうだった。モリマンは名器が多いというが、浅瀬を穿っているだけでそうであることが確信できた。

内側の肉ひだがいやらしいくらいにからみついてくる。カリのくびれを刺激され、男根が鋼鉄のように硬くなっていく。火柱のように熱く燃えあがっていく。

「んんんんーっ！」

ずんっ、と最奥まで突きあげると、愛子が四つん這いの体をこわばらせた。挿入の途中から、顔をあげていられなくなっていた。

「顔をあげるんだ」

三上は両手を愛子の腰から胸にすべらせて、乳房を鷲《わし》づかみにした。必然的に上体が反り、眼をつぶって眉根を寄せている愛子の顔が鏡越しにうかがえた。その顔も充分に魅力的だったが、

「眼を開けてくださいよ、社長」

三上は熱っぽく乳房を揉みしだきながら耳元でささやいた。丸々と張りつめた隆起の先端で、硬く尖った乳首の感触がいやらしすぎる。

「チンポ入れられている顔を、しっかり見せてください」

「ううぅっ……」

愛子がつらそうに薄眼を開ける。鏡越しに視線と視線がぶつかりあうと、三上は目も眩みそうなほどの興奮を覚えた。男根の芯が熱く疼《うず》いた。

「いい顔ですよ、社長……」

三上は腰をまわし、勃起しきった男根で濡れた肉ひだを攪拌した。ヌメヌメした感触に、息を呑んだ。粘っこい音が、耳からではなく繋がった性器を通して聞こえてきた。

「社長みたいな美人でも、チンポを入れられると可愛い顔になるんですね」

「あああっ……」

愛子はいやいやと身をよじり、顔をそむける。羞じらいが伝わってきて、なおさら可愛い顔になる。

「社長は変態で……淫乱だ……」

三上は腰のグラインドに熱をこめた。

「会社じゃクリーンで清廉潔白なイメージだけど、本当は……本当の社長は……」

「言わないでっ！」

愛子は叫び、ちぎれんばかりに首を振った。短すぎて振り乱せない髪を、それでもなんとか振り乱そうとするかのように。だが、その表情は、どう見ても言葉責めに反応しているようにしか見えない。

「違うんですか？」

三上は愛子の双乳から手を離し、再びくびれた腰をつかんだ。

「違うなら、よがったり、イッたりしないでくださいよ……」

満を持して、本格的なピストン運動を開始した。勃起しきった男根を、ゆっくりと抜いて素早く突いた。ほんの少し中を掻き混ぜてやっただけで、肉ひだのからみつきが強くなっていた。それを振り払うように、抜いては突き、突いては抜く。四つん這いの女体を、淫らな刺激で翻弄していく。

「ああああっ……くううっ……くぅううーっ！」

愛子はあえぎ声をあげるのを拒みながらも、絨毯を爪で掻き毟《むし》っている。パンパンッ、パンパンッ、と尻を打ち鳴らしてピストン運動を送りこむほどに、美貌が赤く染まっていく。眉間に刻んだ縦皺がどこまでも深くなっていき、ハアハアと息をはずませる。贅肉《ぜいにく》のまったくついていない白い背中に、甘ったるい匂いのする発情の汗がじっとりと浮かんでくる。

たまらなかった。

自分はいま、白社の女社長を犯している——そんな想念さえ吹っ飛んでしまうほど、快楽に没頭してしまった。鏡を前にした淫らなシチュエーションさえ、どうだってよくなっていく。ただ一匹の牡として、牝とまぐわっていることが心地いい。

ここまで夢中になれたセックスは、実に久しぶりのことだった。もしかしたら初めてかもしれない。麻理江のときでさえ、ここまでではなかった。渾身のストロークを送りこんでいるのに、それだけでもたまらなく気持ちいいのに、まだ興奮がつんのめっていく。もっと強烈な快感をむさぼりたいと全身の細胞が唱和している。もっとこの女を感じさせ、ひいひい泣かせてやりたいという欲望が身の底からこみあげてくる。

腰を使いながら、スパーンッ、と尻を叩いた。

衝動的な行動だったが、結果は想像以上だった。

「あううううっ！」

愛子が声をこらえきれなくなり、堰《せき》を切ったようにあえぎだした。スパーンッ、スパパーンッ、と尻を叩くたびに、蜜壺がきゅっと締まった。おそらく、痛みに筋肉が萎縮《いしゅく》するのだろうが、性器と性器の密着感があがった。奥へ奥へと吸いこまれるような感覚が訪れ、尻を叩くのをやめられなくなった。

「ああっ、いいいっ！」

愛子が叫んだ。

「いいっ！　いいいーっ！　すごいいいいーっ！　こっ、こんなの初めてですっ……わたくし、こんなにいいのっ……はっ、初めてええええーっ！」

それは、男を奮い立たせる魔法の言葉だった。三上は腰振りのピッチをあげ、怒濤の勢いで愛子の尻を突きあげた。そうしつつ、左右の尻丘に代わるがわる平手を飛ばした。愛子の尻はすでに真っ赤に腫《は》れあがっていたが、やめることはできなかった。愛子が尻を押しつけてくるからだ。もっとぶってとばかりに、腰をくねらせて挑発してくるからだ。

「ああっ、いやっ……いやいやいやあああーっ！」

愛子が声の限りに絶叫する。

「イッ、イキそうっ……わたくし、イッちゃいますっ……もうイクッ……イクイクイクイクッ……はっ、はぁあおおおおーっ！」

獣じみた悲鳴をあげて四肢をこわばらせると、次の瞬間、ビクンッ、ビクンッ、と腰を跳ねあげた。すさまじい痙攣だった。歓喜に躍動する肉の感触が、繋げた性器を通じて生々しく伝わってきた。

「むむっ……むむむっ……」

三上も衝動をこらえきれなくなった。

「だ、出すぞっ……こっちも出すぞっ……おおおっ……おおおううううっ！」

雄叫びとともに、男根を引き抜いて右手でつかんだ。赤く腫れあがり、ぶるぶると震えている愛子の尻に向けて、欲望のエキスを放った。ドクンッ、ドクンッ、と暴れる男根をしごきたて、白濁液のつぶてを飛ばした。

「あああああっ……ああああっ……」

結合をといても、愛子はまだ身をよじっていた。これ以上ない淫らな動きで腰を上下させ、尻を振りたて、爪で絨毯を掻き毟っている。

そしてその瞬間が、唐突に訪れた。

「いっ、いやあああっ……」

愛子の悲鳴とともに、水がはじける音がした。再びゆばりを漏らしたのだった。三上は射精の途中だった。射精と放尿が、まるで競いあうように長々と続いた。愛子の尻は白濁液にまみれ、ふたりが膝をついている絨毯にはゆばりの水たまりができていった。

こんなの初めて――愛子は先ほどそう叫んでいたが、三上もこんなことは初めてだった。これほどエキサイティングなセックスは、二十九年間生きてきてただの一度も経験したことがなかった。

第四章　奔放《ほんぽう》な罠《わな》

1

新町の高級クラブ〈波瑠〉の前で、三上は立ちどまった。膝が小刻みに震えていた。できることなら踵を返したかったが、何度か深呼吸をしてからノブをつかんだ。

「いらっしゃいませ」

クールな笑顔で近づいてきた黒服が、奥の個室に通してくれた。VIPルームの上座には、柳田が座っていた。ホステスはいなかった。そのかわり、男がふたりいた。柳田の懐刀と言われている、営業本部長の繁信正夫《しげのぶまさお》。そしてその繁信の腹心である、営業二課長の滑川武史《なめかわたけし》である。

「悪いね、急に呼びだして」

柳田はニコリともせずに言った。繁信と滑川もひどく表情が硬かった。

「女の子は待たせてあるから、水割りは自分でつくってくれたまえ」

「は、はい……」

三上はソファの端にちょこんと腰をおろすと、テーブルに備えつけてあったグラスを手にした。高級ウイスキーに手を伸ばす勇気はなく、水だけを注ぐ。

「それで、どうだね？　頼んでおいた案件のほうは。もう二週間になるが」

柳田は怒っているようだった。三上がグラスに水だけ注いでも酒を勧めず、乾杯の音頭をとることもなく、用件を切りだしてきた。

「鶴谷愛子の素行調査は進めているんだろう？」

「は、はい……」

三上はひきつった顔でうなずいた。喉がカラカラに渇いていたので、グラスに注いだ水を飲んだ。

「毎日、出勤時と帰宅時、尾行しております」

「だったらなにかつかめただろう？　どんな小さなことでもいい。こういうことはな、細かい報告が大事なんだよ。それがなんだ。キミときたら、こっちが声をかけるまでひとつも報告をあげてこない」

「す、すいません……」

三上の顔はますますひきつっていくばかりだった。

「報告しようにも、することがないと言いますか……社長は基本的に残業が多くて、この二週間、帰りに寄ったところは英会話スクールだけ。朝は毎日、電車通勤ですし、嫌味なくらい真面目な生活態度なんですよ……」

背中に冷や汗が流れていった。嘘をついてしまった。そうしようと決めていたことだが、たとえ嘘がバレなくても、これで確実に柳田の覚えは悪くなる。

「……ふうっ」

柳田は深い溜息をつき、繁信や滑川と眼を見合わせた。柳田が苦虫を嚙みつぶしたような顔をしているので、繁信や滑川の表情も険しくなっていく。

「本当にそんなことがあるものかね？」

柳田が猜疑心《さいぎしん》たっぷりの眼つきで睨んでくる。

「社長だろうがなんだろうが、プライヴェートというものはかならずある。酒を飲みにいったことくらいあるだろう？」

「いえ……それが一度も……」

「キミは本当に尾行をしたんだろうね？」

柳田の舌鋒《ぜっぽう》が鋭くなった。

「社内の状況はシリアスになっていくばかりなんだよ。一刻も早く、彼女にトップから退いてもらわないと、大変なことになりそうなんだ。そのあたりのことは、この前説明したよな。尾行をサボッて、適当な報告をしているわけじゃあるまいな？」

「まさか……」

三上はあわてて首を横に振った。

「これでも、あたえられた仕事は、一生懸命やらせていただいております。いつもより一時間半も早く家を出てるし、帰宅できるのも終電に近い。自分の時間を削って社長に張りついてるんです。サボッてなんか……」

つい反論してしまったけれど、それは自分で自分の首を絞める発言に他ならなかった。いつか愛子の裏の顔が柳田にバレれば、三上が嘘をついたことがあきらかになってしまう。

「まあいい」

柳田はもう一度深い溜息をついた。

「とにかく、もう少し尾行を続けてもらうしかないな。これからは土日も張りついていたまえ。なにがなんでも彼女の弱味をつかむんだ」

「……はい」

深くうなだれた三上の肩を、繁信が叩いてきた。

「心配することないぞ、三上くん。柳田さんはな、苦労した人間の気持ちをよーく理解してくれる、肝《きも》の太ーいお方なんだ。蝶よ花よで育てられたお嬢さんとはわけが違う。いま汗をかいておけば、あとできっといいことがある」

「……はい」

身をすくめてうなずきながらも、三上は生きた心地がしなかった。今日のところはこれで帰してくれるだろうが、時間が経つほどに立場が悪くなっていくことは間違いない。ひと月尾行してもなにもありませんでしたでは、さすがにすまないだろう。そのときこそ、本当の窮地《きゅうち》に立たされることになる。

数日前——。

S市とN市の間にあるラブホテルで、三上は愛子と体を重ねた。

いや、そんな簡素な言葉ではとても言い表すことができないほど、衝撃的かつ濃密な経験を分かちあった。

すべてが終わったあと、ふたりは全裸のまま、かなり長い間、魂が抜けてしまったような放心状態に陥っていた。三上は男女の粘液でドロドロになったイチモツをさらしたまま、壁にもたれていた。愛子は自分のゆばりで汚してしまった絨毯の上で、うずくまっていた。

シャワーを浴びるために立ちあがったのは、三上が先だったのか、愛子が先だったのか。ふたりでもつれあうようにしてバスルームに入り、身を寄せあって熱いシャワーを浴びた。

言葉はなにも交わさなかった。お互いの体を黙々と洗いあい、バスルームを出るとタオルで体を拭いあった。ベッドの上も絨毯もゆばりまみれのその部屋には、長居したくなかった。クリーニング代のつもりで、三上は枕元に一万円札を置いた。愛子も同じようにした。

手を繋いで部屋を出た。クルマに乗りこんでも繋いでいた。三上がシフトレバーを使うときも、愛子は三上の手の上に自分の手を重ねていた。三上もそれが邪魔だとは思わなかった。

相変わらず、言葉はなにも交わさなかった。S市に戻り、別れるまで、ひと言もであった。異常だった。沈黙にも種類があり、気まずくてなにも言えない場合もあれば、言葉を交《か》わさなくても心が通じあっている場合もある。

そのときのふたりは、完全に後者だった。お互いにとって、人生観が揺らぐほどのセックスをしてしまったのだ。経験したことがないほどの満足感や達成感に満たされ、それを叶《かな》えてくれた相手に対し、たとえようもないほどの愛《いと》おしさを覚えていた。少なくとも、三上はそうだった。

問題は、ふたりが愛しあっているわけではないことだった。弱味をつかんでベッドインを迫った男と、体を与えて秘密を守ろうとした女の情事だった。その事実が、充実した沈黙の裏に、ぴったりと貼りついていた。

だいたい、三上は妻帯者なのである。愛子は愛子で、〈鶴組〉創業者の血統を継ぐ三代目社長なのだ。いくら最高のセックスをしたとはいえ、愛しあっていいふたりではないのである。

秘密を守ること——。

三上にできることはそれだけだと思った。愛子の秘密を守れば柳田を裏切ることになってしまうが、約束は守らなければならなかった。あれほどすさまじい恍惚《こうこつ》を分かちあった女との約束を破るようなことになれば、自分は男として生きている資格がないと思った。

その結果、たとえ会社にいられなくなっても、それはそれでしかたがない気がした。もし時間を巻き戻すことができたとしても、同じことをするだろう。あのセックスを経験できた人生と、できない人生では、生きている価値がまったく違うと思った。一回でも、愛子を抱けてよかったと思った。ゆばりを漏らすほどの快楽を彼女に与えることができて、本当によかったと……。

そう、一回だけのつもりだった。

二回目などあるわけがないと思っていた。

ところが……。

今日の午後、たまたま愛子とエレベーターの中でふたりきりになった。あれ以来、社内ですれ違っても会釈しかしていなかったので、三上はうつむいて唇を引き結んでいた。愛子が近づいてきて、手を握ってきた。心臓が口から飛びだしてしまうかと思った。

「明日〈ぷにゅぷにゅ〉のライブがあるの。終わったら、またクルマで送ってくださらない?」

手をぎゅっと握りしめたまま、視線を合わせずに言った。愛子の声はかすれ、横顔はひどくこわばっていた。

三上が言葉を返す暇もなく、エレベーターは指定の階に到着し、扉が開いた。愛子はハイヒールを鳴らして颯爽《さつそう》と歩いていった。三上の手には愛子の手の感触が生々しく残っていて、いまもまだ残っている。

終わったらクルマで送ってくださらない?

言葉の意味など、考えるまでもなかった。またふたりきりで逢瀬を楽しみたい、と愛子は誘ってきたのである。帰り道でラブホテルに入り、この前のセックスを再現したいと……。

三上の心は千々《ちぢ》に乱れ、エレベーターが降りるべき階に到着しても降りることができず、意味もなく屋上まで行ってしまった。

とても単純には喜べなかった。もちろん、できることならもう一度彼女を抱いてみたい。抱きまくりたい。マゾの性癖をもつ高めの女をいじめ抜き、ゆばりがとまらなくなるまでイカせまくってやりたい。

しかし……。

のめりこんでしまうことが怖いのも、また事実だった。

どれだけ衝撃的なセックスを共有しても、結ばれることのないふたりだった。

それに、三上は柳田を裏切るのと同時に、愛子にも嘘をついている。自分が柳田に命じられて尾行をしていたことを隠している。

自己嫌悪にやりきれなくなった。

もし愛子がその事実を知れば、どうなるだろう？　いったいどんな顔をして、自分を咎めてくるだろうか？

2

自宅玄関の前で、三上はしばし立ち尽くしていた。〈波瑠〉の前でもそうしたように、何度か深呼吸してから鍵を開けて中に入った。

「おかえりなさーい」

エプロンをした奈美《なみ》が、スリッパを鳴らして玄関までやってくる。

「早かったのね。接待じゃなかったの？」

蕩《とろ》けるような笑顔で言った。

「えっ？　まあ……うん……」

三上は曖昧《あいまい》に言葉を濁しながら靴を脱ぎ、リビングに向かった。

このところ、自宅に帰ってくるのが憂鬱でしかたなかった。

理由ははっきりしている。

浮気の罪悪感に胸が痛むからだ。

白石麻理江を抱いたときには、そんなことはなかった。浮気をしたのは事実でも、彼女は副社長にあてがわれた高級クラブのホステスだった。自分から口説いたわけではないし、向こうは向こうで仕事の一環だから、割りきってセックスを楽しんだだけだ。

しかし、愛子の場合はまるで違う。リスクを冒《おか》して自分から迫った。いままで経験したことがないほどの、衝撃的な快感を味わってしまった。罪悪感が疼かないはずがない。

「ごはん食べる?」

「あー、いいや。シャワー浴びて寝る」

「まだ九時すぎよ」

「なんだか疲れちゃってねえ。明日も早いし」

「じゃあ、シャワーじゃなくてお風呂に浸かったほうがいいよ。ちょっと待ってて、お湯ためるから」

スリッパを鳴らしてバスルームに向かう奈美の後ろ姿を眺めながら、三上は遠い眼になった。

結婚一年目になる奈美は、可愛い女だった。小柄で、垂れ目がチャームポイントの愛《あい》嬌《きょう》がある顔をしている。巨乳でもグラマーでもなく、やや幼児体型気味だけれど、可愛い顔に似合っているし、裸にするととても清潔感がある。服を着ているときはいつもせかせかしているせいで、リスとかハムスターとか、そういった愛玩《あいがん》動物を思わせる。

年は三つ年下の二十六歳。〈鶴組〉に派遣社員として働きにきていたことがきっかけで知りあい、恋仲になった。見た目は可愛いし、性格は従順で男に尽くしてくれるタイプだし、自分に手が届く範囲内では、ベストの相手と結婚したと思っている。

ただ、三上とは一点だけ、相容《あいい》れないところがあった。

奈美は夫の出世を夢見ているのである。いや、もっとはっきり、出世を望まない男を軽蔑している、と言ってもいいかもしれない。

なんでも、早くに亡くしてしまった父親が一流商社のエリートサラリーマンだったとかで、仕事のできる男に過剰な思い入れがあるのである。とはいえ、理想と現実はかけ離れているのが世の習い、三上のようなヒラリーマンのスイヤラカ社員と恋に落ちてしまった。

しかし、奈美は諦めなかった。

「わたし、真次郎さんって、本当はやればできる人なんだと思う。やろうとしないだけで、絶対に力があると思う。だから、もう少しだけ頑張って。出世頭になってなんて言わない。ほんのちょっとでも頑張って結果を出してくれたら、わたし、いまよりずっと真次郎さんのことが好きになれると思う」

プロポーズを受けてくれたときにそう言われ、三上は男泣きしてしまった。もしかすると自分は、あげまんの女をつかんだのではないかと思った。実際にはすべてを運まかせにしてなにひとつ努力はしなかったから、出世街道を邁進《まいしん》することはなかったが、健気な奈美のことが心から好きだった。新婚時代は、残業などいっさいせずに家に飛んで帰ってきては、熱心に夫婦生活を営んでいた。

もし柳田を裏切っていなければ……。

愛子を失脚させ、〈鶴組〉が柳田体制になり、クーデターの功労者としてそれなりのポストを与えてもらっていれば……。

奈美は間違いなく、涙を流して喜んでくれたことだろう。三上に尊敬のまなざしを向け、いまでも充分尽くしてくれているのにそれ以上に尽くしてくれ、家族や友達に自慢してまわったに違いない。

それを思うと、浮気以上に罪悪感が疼いた。仕事に励《はげ》む男が好きな奈美だから、出社時間が一時間半早まってもきちんと朝食をつくってくれるし、帰宅がいくら遅くなったところで文句のひとつも言ったことがない。

奈美はきっと、三上が必死に仕事に取り組んでいると思っているはずだった。そして、出世の報告を首を長くして待っているはずだ。その期待に応えられないのが、なによりもつらい。可能性がゼロならしかたがないが、チャンスは目の前にあったのだから……。

風呂からあがると、リビングに奈美の姿がなかった。

嫌な予感がした。

浮気には悪い面もあるけれど、いい面もないではない。愛子と衝撃的なセックスをしたおかげで、性欲が狂い咲き、激しく奈美を抱いてしまった。新婚時代のやりすぎがたたって、二カ月ほど前から夫婦生活をサボりがちだったのだが、この一週間は連日連夜求めている。

奈美は極端な恥ずかしがり屋で、下半身関係の悲喜こもごもを口に出すタイプではないのだが、あきらかに機嫌《きげん》がよかった。帰宅すればかならず玄関までやってきて蕩けるような笑顔を向けてくるし、家事をしながら鼻歌を歌っている。満たされた顔をし、腰のあたりに充実感が漂っている。

付き合いはじめたばかりのころ、奈美は二十四歳で、その表情にはまだ、少女時代のあどけなさを残していた。中学から短大まで女子校で育ったらしく、異性と触れあうことに慣れていなかった。見るからに、おぼこい雰囲気を漂わせていた。食事をしたり映画を観たりのデートのときからそうであり、ベッドインともなれば可哀相なくらい緊張していた。

処女ではなかったが、経験人数がたったひとりらしく、それもひと月げかり付き合っただけだと恥ずかしそうに告白した。

性感帯に触れても声の出し方すらわからない奥手の彼女を、三上は一から開発していった。根気が必要な作業だったが、面倒とは思わなかった。洗いたての白いハンカチのような彼女を、自分色に染めていくことに興奮した。

奈美は最初、部屋が明るいだけで裸になるのを羞じらったし、オーラルセックスへの抵抗感も強かった。シックスナインなどもってのほかという感じで、無理に迫ると亀のように自分の殻《から》に閉じこもった。

三上は、からまった糸を一本一本ほどいていくようにして、奈美にセックスの悦びを教えていった。恥ずかしがり屋の引っ込み思案であっても、奈美の性感は人並み以上に敏感だった。なんとかクンニリングスを了解させ、舌先でイカせたときの感動はおそらく一生忘れない。小柄な体を限界までのけぞらせ、白い喉を突きだしてガクガクと腰を震わせた。

イッたあと、怒りだした。羞恥と快感に揉みくちゃにされ、感情がコントロールできなくなったのだろう。抱きしめてやると泣きじゃくった。「ひどい、ひどい」としきりに言っていたが、三上はもちろん、ひどいことなどなにひとつしていなかった。

「気持ちよかったんだろう？　いいんだよ、気持ちよくなって。奈美がイッてくれて、俺も嬉しいよ」

やさしく髪を撫でながら何度も何度も耳元でささやいてやると、ようやく機嫌を直してくれた、そんな彼女も、いまではクンニリングスを端折《はしょ》って挿入しようとすると、頬をふくらませてムッとする。

新婚時代のやりまくり期間を経て、女の悦びにすっかり目覚めてしまったというわけだ。

男というのは天邪鬼《あまのじゃく》なもので、そうなってくると、夫婦生活が義務にも思えて憂鬱になる。恥ずかしがり屋の彼女から一枚一枚服を奪っていくのはあれほど興奮したのに、ベッドインを待ち構えられると腰が引けてしまう。

かといって、結婚一年目にしてセックスレスに突入してしまうのもどうかと思った三上は、浮気をした。浮気の刺激で奈美に向かう気持ちを高めようとしたわけだが、激安キャバクラの女を助手席に乗せて事故を起こしてしまった。

まったく最悪の展開だったが、その事故がきっかけとなり、麻理江を抱き、愛子を抱いた。マンネリ気味の夫婦生活に摩耗《まもう》しそうだった性欲は蘇り、夫婦の閨房《けいぼう》に熱狂が戻ってきた。皮肉にも、結果として当初の目的は果たされたことになるわけだが……。

今夜はなんだか気が進まなかった。

リビングに姿が見えないということは、奈美は間違いなく、寝室で三上のことを待っている。これから始まるメイクラブに思いを馳《は》せ、ドキドキしながらあそこを熱く疼かせている。

憂鬱だった。

三上の脳裏にはまだ、柳田の苦虫を噛みつぶしたような表情が残っていた。自分で決めたこととはいえ、あの男を裏切って出世の道が閉ざされてしまったことに、深く落ちこんでいた。

さらには愛子だ。

『明日〈ぷにゅぷにゅ〉のライブがあるの。終わったら、またクルマで送ってくださらない？』

エレベーターの中でささやかれた台詞が、耳の奥でリフレインしている。クルマで送ってくださらない？　クルマで送ってくださらない？　クルマで送ってくださらない……。送ればラブホテルに入り、密室の中でふたりきりになる。始まるのは、ただのノーマルなセックスではない。

愛子はいじめられたがっている。マゾの性癖を全開にして、ゆばりを漏らすほどの絶頂を味わいたいと願っている。

一方の三上は……。

この一週間、妄想《もうそう》の中で愛子のことをいじめ抜いていた。ありとあらゆる方法で恥をかかせ、恥辱の涙を絞りとっていた。逢瀬は二度とない、実現することはないだろうと思いつつも、妄想の暴走はとめられなかった。

たとえば……今度はロープでも手錠《てじょう》でも拘束用具を事前に揃え、吊してやるのもいい。両手をバンザイさせた格好で和風旅館の梁《はり》にでも縛りつけ、露わになった腋《わき》の下を筆や刷《は》毛《け》でくすぐりまわすのだ。左右の乳首には洗濯《せんたく》ばさみだ。舌を挟むのも面白い。そして電気マッサージ機＝電マを使って股間を責め抜く。いくら失禁してもいいように足元にはビニールプールを置けばいい。

三上は電マなど使ったことがなかったが、その威力は絶大だという。愛子なら、三度、四度、五度と、続けざまにイキまくるだろう。あるいは決してイカせず焦らしまくるのもいい。一時間、二時間と生殺し地獄で悶絶させれば、どんな理不尽な命令にも従う肉奴隷になるに違いない。

肉奴隷……。

そんな言葉が自分の人生とクロスする日がやってくるとは、夢にも思っていなかった。

しかも相手は、美貌の女社長だ。普通なら、口をきくことすら緊張するような高めの女なのである。

だが三上は、事実として彼女をずいぶんといじめた。奴隷扱いとまでは言えなくても、足元に土下座させて踏みつけた。こちらが命じたこととはいえ、愛子のほうがそれを誘っているようなところがあった。責任逃れがしたいのではなく、どう考えても愛子にはマゾの性癖がある。

となると、次に会ったときも、この前と似たような展開になるだろう。いじめられることを望んでいる愛子を前に、三上が妄想を次々と現実にしていくのだ。極彩色に彩《いろど》られた、おぞましくも淫らな妄想を……。

3

二階にのぼっていく足がひどく重かった。

奈美の待つ寝室に入るのが憂鬱でしかたなかった。

彼女はおそらく先にベッドに入っていて、三上がベッドに入ると、恥ずかしそうにもじもじしはじめる。自分からセックスを求める台詞など間違っても吐けない彼女だが、恋人時代とは違って性感はすでに充分開発されている。性欲の高まりを自覚しているし、抱かれることを求めている。

傷つけずに断るのが大変そうだった。

奈美の気持ちはよくわかるから、デリケートに扱ってやらなければならない。寝室の扉を開けると、ベッドサイドのスタンドだけがほの暗い灯りをともしていた。ムーディだった。淫靡《いんび》と言ってもいい。とりたてて指摘するほどのことでもない日常の光景だが、三上は緊張しながらベッドに近づいていった。

ダブルベッドの片側が、こんもりと盛りあがっている。奈美は顔をあげてこないし、声をかけてくることもない。寝ているわけがないのに、じっと息をひそめて待っている。三上は踵を返したくなった。寝酒でも飲んでから出直してやろうかと思ったが、そんなことをすれば奈美の気持ちを傷つけてしまう。

風呂あがりの三上は、Tシャツとブリーフしか着けていなかったので、そのままベッドにもぐりこんだ。布団をあげた瞬間、奈美の体から発せられる甘ったるい匂いが漂ってきた。

いい匂いだった。この匂いに包まれていれば、安らかな眠りにつけそうな気がした。

あお向けになって眼を閉じていると、隣がもぞもぞと動いた。

「ごめん。今日は本当に疲れてるんだ……」

そう言おうとしたが、言えなかった。薄眼を開けた瞬間、三上は息を呑んだ。奈美の格好がいつもと違ったからである。パジャマではなく、赤いキャミソールのようなものを着て、華奢《きやしや》な肩を出していた。布団を被っていたのですべては見えなかったが、あきらかにエロティックな衣装を着けている。

スルーすべきだったが、眼が合ってしまった。

「ど、どうしたの、その格好?」

しどろもどろに訊ねると、

「通販で……いいかなって……ダメ?」

奈美は三上以上にしどろもどろに答え、上目遣いで見つめてきた。

三上は布団をめくった。奈美が着けていたのは赤いベビードールだった。シースルーの生地に、白い乳房が透けていた。ショーツは同色の超ハイレグのようだった。サイドが紐《ひも》のように細いデザインだ。

ごくり、と三上は生唾を呑みこんでしまった。麻理江が着けていたセクシーランジェリーなどと比べればずっと安っぽい代物だったが、安っぽさが逆に卑猥さを感じさせた。

しかし、こんなものを買い求めて着けているということは……。

奈美の中では欲情が煮えたぎっているということである。だいたい、通販でベビードールを買い求めること自体、いままでの彼女には考えられないような大胆な行為だった。恥ずかしがり屋の彼女のことだ。清水《きよみず》の舞台から飛びおりるような気持ちにならなければ、こんないやらしいナイティを買い求めることはできなかっただろう。勇気を振りしぼって商品をクリックしたときの彼女を想像すると、せつなさに胸を締めつけられてしまう。

三上は一瞬、視線を泳がせた。

そこまで強く求められているなら、応えなければ男がすたるというものかもしれない。ここで断ったりしたら奈美の落胆は相当なものだろうし、赤いベビードールを着けた彼女を見た瞬間、三上にも変化があった。義務を果たすような憂鬱な気分が、月にかかった雲が風で流れていくようにどこかへ消えていった。

「よく見せてくれよ」

乱暴に布団をめくると、

「やんっ！」

奈美は自分を抱きしめて、ノーブラの胸を隠した。

「可愛いよ。可愛いからよく見せて」

やさしくささやきながら身を寄せて、左手で肩を抱いてやる。右手では胸を隠している腕を撫で、そっと下におろしていく。

奈美は決して巨乳ではない。手のひらにすっぽりと収まるくらいの控えめなふくらみが、赤いナイロンに透《す》けている。

ベビードール越しに乳房をやわやわと揉みながら、三上はたまらない気分になった。おっぱいは大きければいいというものではない。奈美の乳房の、この繊細な揉み心地はどうだ。頼りないくらい柔らかいのに、中心にある乳首が硬く尖っている。

小さな乳房のほうが感度が高いなどと俗に言われているが、奈美の場合はまさにそれだった。ざらついたナイロンの生地越しに乳首をいじってやると、ハアハアと息がはずみだした。唇を重ね、舌をからめあいながらさらに刺激してやると、小鼻を赤くして身をよじりはじめた。

可愛い女だった。

自分で一から性感を開発してやった女だから、可愛くないはずがない。三上のやり方に慣れている。親鳥が与える餌《えさ》を待って、くちばしをひろげて鳴いている雛《ひな》鳥のようなところがある。

右手を下肢に伸ばしていき、ベビードールの中に侵入していく。ハイレグショーツにぴっちりと包まれた、ヴィーナスの丘を撫でてやる。こちらも扇情《せんじょう》的な赤で、ベビードールと同じ生地だったが、フロント部分がひどく小さかった。三上はそれを引っ張りあげた。クイッ、クイッ、とリズムをつけて股間に食いこませてやった。

「んんーっ！　んんんーっ！」

奈美は舌をからませあいながら、鼻奥で悶え泣いた。彼女はこの愛撫が好きなのだった。牛身の女陰を見られることをひどく羞じらっていたころ、苦しまぎれに始めた愛撫だったが、次第にツボに嵌《は》まったのだろう。いまではこれをやらないと、物足りない顔をするほどだった。

三上は執拗《しつよう》に食いこませた。最初は内股気味に閉じていた両脚が、刺激に翻弄されてじわじわと開いていく。ただでさえ赤いベビードールに赤いショーツという扇情的な格好をしているのに、あられもないM字開脚の格好になって腰をくねらせはじめる。

たまらなかった。

抱き慣れた妻とのセックスというのも、やはりいいものだ。抱き慣れたと言ってもまだ新婚一年、新鮮さがすっかり枯渇《こかつ》したわけではない。事実、今夜は奈美のベビードールにしてやられた。寝室に入るまでその気がなかったのに、気がつけば夢中になって奈美の股間にショーツを食いこませている。

ならば……。

こちらも今夜は、いつもとは違うリードをしてみようか。奈美とのセックスは、正常位で繋がることがほとんどだった。いろいろ試してみた結果、彼女とはそれがいちばん情熱的に愛しあえるという結論に至ったのだ。

しかし、たまには体位を変えてみるのもおもしろいかもしれない。三上は奈美からショーツを脱がせると、

「四つん這いになるんだ」

太腿を撫でながらうながした。

「えっ……」

奈美は意表を突かれた顔をしたが、おずおずと三上に尻を向けて四つん這いになった。ベビードールの丈は短く、ショーツは脱がせてあったので、彼女の恥部を遮《さえぎ》るものはなかった。三上は尻の双丘を両手でつかむと、ぐいっと割りひろげてアーモンドピンクの花びらを舐めてやった。

「やんっ……恥ずかしいっ……こんなのっ……」

奈美は四つん這いクンニを羞じらっていやいやと身をよじったが、すぐに愉悦に翻弄されはじめた。花びらの合わせ目に舌を差しこまれる刺激に身悶え、アヌスにかかる鼻息に羞じらう。三上が合わせ目を舐めながらクリトリスを指でいじってやると、ひいひいと喉を絞ってよがり泣いた。あお向けでするクンニのときより声量が大きく、声音も切羽《せっぱ》つま

っている感じがした。

いつもとは違う体勢に加え、顔を見られない安心感が、奈美を快楽に没頭させているのだろう。濡れ方も、なんだかいつもより盛大な気がする。尻や太腿をぶるぶると痙攣させながら、獣の匂いのする熱い蜜をあとからあとからこんこんと漏らし、三上の顔を濡れまみれさせていく。

ここからフェラになり、シックスナインを経てひとつになる、というのが普段の流れだった。ブリーフの中のイチモツも、フェラの快感が早く欲しくて大量の我慢汁を噴きこぼしている。

しかし、その流れが、今夜に限ってひどくまどろっこしく感じられた。四つん這いで身悶えている奈美の姿が、別の流れを誘ってきた。いきなり後ろから貫いて、ワイルドにピストン運動を送りこんでやりたくなった。

「……えっ？」

ブリーフを脱いだ三上が勃起しきった男根を花園にあてがっていくと、奈美が不思議そうな顔で振り返った。

「舐めなくていいの？」

彼女は舐められたら舐め返すという、人としての礼節をきちんとわきまえている女だった。自分だけが一方的によがり泣かされるのが、恥ずかしいだけかもしれないが……。

「今日はいい」

三上は狙いを定めながら言った。

「奈美が……もう奈美が欲しくなっちまった……」

「やだ……」

照れた奈美が振り返っていられなくなると、三上は腰を前に送りだした。よく濡れた花園の奥に向けて、ずぶずぶと侵入していった。ひどく興奮していた。奈美とバックで繋がったのはかなり前で、下手をすれば一年ぶりくらいかもしれない。

「んんっ！　んんんんーっ！」

いつもとは違う結合の角度に、奈美も戸惑っている。赤いベビードールに飾られた裸身をこわばらせ、全身に力をこめている。だが、きっちりと繋がってしまえば、そこは夫婦。体と体、性器と性器が馴染んでいるので、すぐにいつもの調子で腰を振りあうことになる。

パンパンッ、パンパンッ、と乾いた音をたてて突きあげれば、

「ああっ、いいっ！　真次郎さん、とっても硬いっ！」

奈美があえぎながら言ってくる。

「硬くて太いっ……ああっ、いやっ……おかしくなるっ……わたし、おかしくなっちゃいそうっ……」

みるみる乱れていく奈美を突きあげながら、三上もまた激しく奮い立っていた。なぜいままで正常位ばかりにこだわっていたのだろうと思ってしまうほど、バックスタイルがしっくりきていた。

いや……。

考えてみれば、奈美とは久しくしていなくても、愛子とはしている。あのときの記憶を体が覚えているのかもしれない。高めの女を後ろから突きまくり、ゆばりを漏らすほどイカせまくったときのことを……。

不意に、視線が奈美の尻の双丘をとらえた。それほど豊満ではないけれど、丸みの際立ったプリッとしたヒップをしている。ゴム鞠《まり》のように弾力があり、パンパンッ、パンパンッ、と後ろから突きあげるほど、小気味よくバウンドする。

叩いてみたくなった。

奈美にマゾの性癖があるとは思えないが、愛子をあれほどまでイカせたやり方だった。叩けば衝撃で蜜壺が絞まり、性器と性器の密着感が高まるから、奈美だって気持ちがいいはずだ。

叩いてみようか……。

一度その想念に取り憑《つ》かれてしまうと、腰を振りたてながらもひどく気分が落ち着かなくなった。叩いてみたかった。いささか痛いかもしれないが、叩けばそれ以上に気持ちがいいはずだから……。

スパーンッ！

我慢できずに平手を飛ばすと、

「ひいいっ！」

奈美が悲鳴をあげて振り返った。その勢いに、結合がとけた。奈美は叩かれた部分を触りながら、信じられないという顔を向けてきた。

「な、なにするの？」

「い、いやっ……」

三上は苦笑しようとしたが、顔がひきつってうまく笑えなかった。

「ス、スパンキングプレイだよ……気持ちよくなかったかい？」

「……全然」

「痛くはなかっただろう？　お尻の肉は厚いから」

「痛かったです。でもそれ以上に、失礼です」

奈美は完全に怒り心頭に発していた。口調まで変わっているのが、その証拠だった。

「エッチの途中でお尻を叩くなんて……ひどいです。馬鹿にされてる気がしました。虐《しいた》げられてるっていうか……」

「そんな大げさな……」

三上は弱りきってしまった。

「ちょっと新しい刺激を導入してみようと思っただけさ。悪気はなかったんだ。ってゆーか、それと一緒だよ。奈美だって、なんかちょっと刺激が欲しくて、そんないやらしいベビードールを着てたんだろ？」

奈美の顔がにわかに赤くなっていき、唇が震えだした。

「ひどいっ！　ひどいですっ！　いやらしいベビードールなんて、どうしてそんな言い方されなきゃいけないんですかっ！」

「いや、そんな怒ることないじゃないか……」

三上は必死でなだめようとしたが、

「知りませんっ！　真次郎さんなんて大っ嫌いっ！」

奈美は取りつく島もなく、頭から布団にもぐりこんでしまった。

4

翌日の夜。

三上はS市からN市に向けてラパンを飛ばしていた。

悩んだ末の行動だった。

平和な家庭を維持したいなら、さっさと家に帰って奈美に謝るべきだろう。

奈美は今朝、朝食をつくってくれなかった。そんなことは結婚して以来初めてのことで、三上が「行ってくるよ」と声をかけてもベッドにもぐりこんだまま出てこなかった。

昨夜の件がまだ尾を引いているようだった。きっかけは他愛ないことでも、謝り方を失敗すると傷口がひろがる見本のような出来事だった。こうなった以上、花束とケーキでも買って帰り、彼女の機嫌が直るまで謝りつづけたほうがいい。悪いのは自分なのだから、それくらいしてしかるべきだ——わかっていたが、三上は愛子に会いに行こうとしている。

『明日〈ぷにゅぷにゅ〉のライブがあるの。終わったら、またクルマで送ってくださらない?』

その言葉が耳底でリフレインしていたが、愛子に会いにいくのはセックスが目的ではなかった。

柳田に命じられて愛子を尾行していたことを明かすつもりだった。

愛子は驚き、呆れ、軽蔑のまなざしを向けてくるだろうが、柳田を裏切ってしまった以上、派閥争いには愛子に勝ってもらわなければならない。そう腹を括ったのである。

なんなら、この世で最もダーティな二重スパイの役目も引き受け、柳田の身辺を洗ってもいい。とにかく、自分がスパイであることを告げれば、愛子としても反撃する手立てがいろいろとあるだろう。

一度は軽蔑のまなざしを向けられたとしても、きちんと話をすればわかってもらえるはずだった。三上がなぜ柳田を裏切り、愛子の味方をする気になったのか、彼女に理解できないはずがない。そして、柳田をパージしたあかつきには、三上にそれなりのポストを用意してくれるだろう。

そうすれば、三上の出世を望んでいる奈美にだって顔が立つ。夫婦生活の途中で突然尻を叩いてしまったことだって、仕事が多忙でストレスが溜まっていたからだろうと、激甘のジャッジで許してくれるに違いない。

N市の繁華街に着いた。

ラパンをコインパーキングに停め、ライブハウスに向かって歩きだす。店のまわりにオタクの姿はなく、閑散《かんさん》としていた。〈ぷにゅぷにゅまにあ〉のライブは、もう始まっているらしい。

時刻は午後八時半だった。前回と同じタイムテーブルなら、第二部がスタートしたあたりだろうか。

鼓動を乱しながら地下に続く階段をおりていき、店に入った。

ステージで歌って踊っている〈ぷにゅぷにゅまにあ〉の衣装がチェックのミニスカートだったので、三上は安堵《あんど》の溜息をもらした。ピッタピタのホットパンツは、正直言って見たくなかった。いや、客席で野太い声をあげているオタクたちに、見せたくなかった。

とはいえ、今日の衣装もなかなかにきわどかった。どことなく、横浜あたりのお嬢様女子高の制服を彷彿《ほうふつ》とさせるデザインだが、スカートだけは極端に短い。振りつけが激しくなったり、ターンをしたりすると、いまにもパンツが見えそうになる。もちろん、見せパンを着用し、見られることも計算ずくなのだろうが、三上は見えそうになるたびに歯噛みをした。

そもそも、女子高生の制服にも見える衣装を、三十路の愛子が着ている時点で、ミスマッチなのだ。大人びた顔やスタイルと可愛すぎる制服がギャップを通り越してハレーションを起こし、色気をダダ洩《も》れさせている。ジャンプしてメンバー全員が白い見せパンを披露すると、客席はヒートアップし、興奮の坩堝と化していった。

三上は歯を食いしばり、握りしめた拳を震わせた。

無性に腹立たしかった。

突然三代目社長の椅子に座ることになったストレスを解消するために、愛子は地下アイドルになったと言っていた。しかし、オタクにパンチラを見せることで、本当にストレス解消になどなるのだろうか。

東京でアイドルを目指している予備軍なら、見せパンで話題を呼んでも、どこか許せる。彼女たちには、やがてトップスターにのぼりつめていきたいという夢や野望があるからだ。

しかし、〈ぷにゅぷにゅまにあ〉にそんな上昇志向があるとは思えない。東京のアイドル予備軍たちがサクセスのために手段にしているパンチラを、目的にしているようにも見える。それゆえ、健気なほど一生懸命歌って踊っていても、どこか不健康に見えてしまうのである。

ストレスなら……。

愛子が社長業にストレスを感じ、それを解消する必要に迫られているなら、いくらでも付き合ってやると三上は思った。わざわざ変装してライブハウスのステージに立たなくても、密室がひとつあればいい。SMじみたプレイに淫し、ゆばりを漏らすまでイキまくればいい。そのほうが、地下アイドルを続けているよりずっといい。地下アイドルにはリスクがある。いまはまだ三上以外に知られていないようだが、もし社内の誰かにこのステージを見られたら……。

三上はハッとして息を呑んだ。

客席に珍しく女がいた。キャスケットを被っているので顔を確認しづらかったが、よく見ると〈鶴組〉の社員だった。庶務課の河瀬佐緒里《かわせさおり》、二十七歳。三上のふたつ年下である。

まずいことになった。佐緒里はエキゾチックな顔立ちとモデルのような九頭身を誇る美女なのだが、その地獄耳と口の軽さを社内で知らない者はいない。なにしろ、「口から生まれたおしゃべり女」「噂の交差点」「三百六十度スピーカー」と異名をとるほどなのである。

そんな女に愛子の正体を嗅《か》ぎつけられたら大変なことになってしまう。

野太い声援をあげているオタクたちを押しのけて、佐緒里に近づいていった。キャスケットを被り、黒いブルゾンにジーンズという地味な格好だったが、やはり美人は違う。オタクの海の中で完全に浮いていた。

「やあ、河瀬さんじゃない？」

三上は顔をのぞきこんで言った。仕事上で会話したくらいの人間関係しかないが、なるべくチャラい感じで声をかけた。

「なにやってるの、こんなところで？」

「あらやだ、三上くんこそ」

佐緒里は驚いたように眼を丸くし、意味ありげに笑いかけてきた。

「わざわざN市にまで来るほど、彼女たちのファンだったんだ？」

「いや、そんなことは……」

三上は苦笑するしかなかった。

「たまたま友達に約束をすっぽかされて、時間潰しに入ってみただけさ。普通にバンドが演奏してると思ってね。まさかこんな感じだとは……」

「わたしもそう。これって地下アイドルってやつでしょ？」

三上がうなずくと、佐緒里は耳元に唇を近づけてきた。

「相当キモいね。とくに客席が」

「まあね……」

苦笑がひきつった。まわりのオタクが睨んできたからだ。聞こえているはずがないのに、悪口というものは雰囲気でわかるらしい。

「俺、飲み直しに行くけど……」

気を取り直して言った。

「よかったら一緒に来ないか？　奢《おご》るから」

「ふふっ……」

佐緒里の瞳がねっとりと潤んだ。

「もしかして、誘ってくれてるの？」

「んっ？　ま、まあ……ね……」

答えた三上の顔は、限界までこわばっていた。佐緒里があからさまに嬉しそうな表情で見つめてきたからである。しかも彼女は、飲みに誘われたのではなく、ベッドに誘われたかのような眼つきをしていた。

彼女は口が軽いだけではなく、尻も軽い女だった。その容姿の美しさからは信じられないが、肉食系のやりまんなのだ。

その武勇伝の数々を、三上もいくつか耳にしていた。彼女の狙いは妻帯者ばかりなのだが、関係をもってしまうと、すべては社内の人間に知れ渡る。佐緒里が自分で全部しゃべってしまうからである。

その結果、相手の男は上司の覚えが悪くなり、女子社員から軽蔑のまなざしを向けられる。なかにはベッドテクの拙《つたな》さまで暴露されて大恥をかき、辞表を書いた者までいるという。

地雷女なのだ。

美しい容姿に釣られて踏んだら最後、跡形もなく吹っ飛ばされてしまう。

そんな恐ろしい女をベッドに誘うわけがなかったが、とにかくまずは彼女をこの店から連れだすことが先決だった。

5

ライブハウスを出た。

三上は佐緒里と肩を並べて歩きながら、頭の中に地図をひろげてこれから向かう店を検索した。おかしな雰囲気にならないように、ムーディなバーなどはNGにしたほうがいいだろう。カウンターに並ぶのではなく、テーブル席で差し向かいになったほうがベターだ。文句が出ないよう安くない酒を飲ませて小一時間、彼女のおしゃべりに耳を傾ける。

三上はライブが終わる時間には戻らなければならない。クルマの運転があるので酒を飲んでもダメだ。

「わたしね……」

佐緒里が歌うように言った。

「実はさっきの店、地下アイドルが出てるって知ってて行ったの」

「へええ。ああいうのに興味あるの？」

「ううん、興味あったのは客のほう。男ばっかりで熱気ムンムンってところに行ってみたかったわけ。いい歳して地下アイドルにうつつを抜かしてる男なんてさ、女に飢《う》えてる人ばっかりだろうから、そういうところにまぎれこめばモテモテで、よりどりみどりだろうって……でもダメね、みんな本気で地下アイドルを応援してて、視線はステージに釘づけ。せっかく客席で紅一点だったのに、わたしに声をかけてきたの、三上くんくらいよ」

三上は曖昧に笑って誤魔化すしかなかった。恐ろしい女だと思った。いったいどこまで肉食系のやりまんなのだろう。

「そんなことしなくたって、河瀬さんくらいの美人なら、モテてモテてしょうがないんじゃないの？」

お世辞ではなかった。地味な格好をしていても、街中ですれ違う男たちはみんな佐緒里を振り返った。モデル並みの九頭身のうえ、姿勢がよく、歩き方に華があるからだ。いかにもいい女オーラを振りまいて、キャスケットで顔を隠していることすら、芸能人の変装かと誤解を誘っているようだ。

「ふふっ、お世辞でも嬉しいな。わたしここんとこ、全然モテないの。男日照りもいいところ」

「信じられないけどねえ……」

言いつつも、さもありなんと三上は思っていた。ベッドインしたら最後、その事実を面白おかしく会社中に言いふらされてしまうのでは、手を出す男なんているはずがない。少なくとも社内では……。

「あのね……」

佐緒里が意味ありげに笑いかけてきた。

「わたし、行きたいお店があるんだけどな」

「どういうお店？」

「刺激的なお店！」

佐緒里は三上の腕を取り、すぐ近くにあった雑居ビルに入っていった。エレベーターで階上にのぼった。

「ねえ、どんなお店なんだい？」

三上が不安げに訊ねても、佐緒里は微笑を浮かべるばかりで答えない。入ってのお楽しみということらしいが、ここぞとばかりに高い店に連れこまれるのは勘弁してもらいたい。

看板も出していない店のドアを、佐緒里は開けた。入ってすぐ、カーテンで仕切られた狭いレジスペースで、男五千円、女二千円の入場料を取られた。意味がわからなかった。先に料金を支払う飲み屋なんてあるのだろうか。

カーテンの向こうのドアを開けると、ひどく薄暗い中、大音響でユーロビートが鳴り響いていた。といっても、ダンスを楽しむクラブのような雰囲気ではなく、ちょっと広めのスナックのような感じである。

ボックス席にちらほらと客がいた。つかみで六、七人か。その動向がおかしいことは、すぐに気づいた。

キスをしている男女がいた。それも、唾液が糸を引くようなディープキスだ。両側に男をはべらせ、服の上から乳房を揉みしだかれている女もいる。極めつけは、両脚をM字に開いて自慰をしている女だった。長いスカートを穿いていたので局部までは見えなかったが、間違いなく両脚の間をいじっていた。下手をすれば大人のオモチャも使っている。

「おい……」

三上は青ざめて佐緒里の腕を取ったが、逆に体を押されて空いているボックス席に座らされた。

「な、なんなんだよ、ここはいったい……」

「ハプニングバーよ」

佐緒里は鼻に皺を寄せて悪戯っぽく笑った。

「なにをしてもOKなフリースペース。天国みたいなところね。超燃えちゃうわよ、人に見られながらエッチすると」

太腿の上に手をのせられ、三上の顔はますます青ざめていった。いったいどこまで恐ろしい女なのだろう。振る舞いや口ぶりから察するに、この店を利用するのは初めてではないようだ。つまり彼女は、ただのやりまんではなく、やった話をすぐにしゃべってしまう地雷女なだけでもなく、人前で性器を繋げることに至上の悦びを見いだしている露出マニアなのか。

「興奮するでしょ?」

耳元でささやかれ、

「い、いやあ……」

三上は苦りきった顔で首を横に振った。興奮などまったくしていなかった。店内の薄暗さに眼が慣れてくると、糸を引くディープキスをしている男女は五十代の中年だったし、他も似たり寄ったりで、激安ピンサロのおばさんのほうがまだマシに思えた。

ただ……。

隣に座っている佐緒里だけは、正真正銘の美人だった。顔立ちもスタイルも日本人離れしていて、掃《は》きだめに鶴としか言いようがない。キャスケットを脱いで長い黒髪を搔きあげると、濃密な色香が匂った。欲情が眼光を鋭くしていた。まるで香港映画にでも出てくる宿命の女である。

そんな女が、三上の太腿を撫でてきた。エロティックな指使いで、じわじわと股間の方に這ってくる。

「待てよ……」

三上は佐緒里の手を押さえた。

「悪いけど、俺にはそういうつもりはないよ……」

「誘ってくれたんじゃないの？」

「酒を飲もうと思っただけさ」

「女とふたりでお酒を飲んで、そのまま帰るつもりだったわけ？」

「こっちは妻帯者なんだ」

佐緒里はしばし押し黙り、咎めるような眼で見つめてきた。なにかを思案しているようだったが、それは言葉にしなかった。

「つまらない男……」

落胆を隠さず吐き捨てると、三上の太腿から手を離し、立ちあがってボックス席から出た。驚いたことに、その場で服を脱ぎだした。ブルゾン、ジーンズ、シャツまで脱いで、下着姿になってしまった。

紫色のセクシーランジェリーだ。ハーフカップのブラにTバックショーツで、生地の面積がやたらと小さい。下着というより裸身にかけられたリボンのような雰囲気であり、ただでさえ艶やかなスレンダーボディをよりいっそういやらしく見せた。

「冗談《じょうだん》だろ……」

思わず独りごちてしまったが、驚いたのは三上ひとりではなかった。店内にいる男たちが、いっせいに佐緒里に眼を向けた。ひとりが隣の女を放りだして近づいてくると、他の男もそれに続いた。三人の男たちが佐緒里を取り囲み、競いあうようにスレンダーボディを撫でまわしはじめた。

佐緒里に拒む雰囲気はない。むしろ挑発的な眼つきでキスをねだり、下着を脱がすことを求める。ひとりと舌を吸いあっているうちに、他のふたりがブラジャーを奪い、ショーツを脚から抜いていく。

見事な裸身が現れた。

そこにいたすべての男が、三上も含めて生唾を呑みこんだ。

Bカップから C カップと思われる微乳だが、乳房が大きければいいというものではないことを証明するようなスタイルをしていた。手脚が長く、細い柳腰から小さめな尻へと流れるカーブが、溜息を誘うくらい艶《つや》めいている。正常位で繋がり、高まっていくと、腕の中で弓なりに反り返るに違いないと生々しく想像できるような、そんな裸身だった。

「たまらん体だ……」

「細いがそそるな……」

「綺麗な顔して好き者とは驚きじゃないか……」

男たちは口々に言いながら、佐緒里の体をテーブルに倒した。思いおもいに、乳首に吸いついたり、両脚の間に顔を突っこんだり、足の指を舐めしゃぶったり、鼻息を荒げて愛撫をはじめた。

三上は金縛りに遭ったように動けなかった。

目の前で起こっていることが、とても現実とは思えなかった。

「あああっ……くぅううーっ！」

三人がかりの愛撫に、佐緒里はきりきりと眉根を寄せ、淫らにあえぎはじめた。細い裸身をくねらせて、肉の悦びに溺《おぼ》れていった。

いったいなにを考えているのだろうか？

佐緒里にとってこの三人は、間違いなくいま初めて会った男たちのはずだった。なのに女の恥部という恥部をさらけだし、体中を舐めまわされている。おぞましさを感じてしかるべき中年男たちのねちっこい愛撫に、息をはずませてあえいでいる。

セックス依存症なのだろうか？

あるいはニンフォマニアというやつか？

とにかく常軌を逸している。

三上も健康な男子だから、条件反射で勃起していた。けれども心に吹き荒れているのは、寒々とした恐怖ばかりだった。異常事態を知らせるサイレンが心の中で鳴り響き、いいから逃げろ、とにかく関わるな、ともうひとりの自分が叫んでいる。

「ねえ……」

不意に佐緒里が、こちらを見た。テーブルにあお向けになっているから、三上からは彼女の顔が逆さまに見えた。

「あなたも参加しなさいよ。オチンチン舐めてあげるから……」

ねっとりした口調でささやき、赤い唇が誘うようなOの字になる。舌なめずりまでしている。いやらしいくらい眉根を寄せ、潤んだ瞳が焦点を失っていく。

顔が逆さまなこともあり、三上はただ怖かった。ブリーフの中のイチモツは痛いくらいに勃起しているのに、とてもうなずく気にはなれない。

「もう辛抱《しんぼう》たまらんっ！」

クンニリングスに励んでいた男が、ズボンをさげて勃起しきった男根を露わにした。三上はあわてて顔をそむけた。眼が腐るかと思った。中年の男根など見たくもなかった。

「こっちに来るんだ」

男は佐緒里をテーブルからおろすと、立ちバックの体勢にうながした。

「よーし、こっちは口だ」

「代わるがわる舐めてもらおう」

残りのふたりもズボンをおろし、男根を露わにする。

いよいよ限界だった。

三上は席を立ち、小走りに出口に向かった。

扉を開ける寸前、一瞬だけ振り返った。

「はぁあおおおおーっ！」

立ちバックで後ろから貫かれた佐緒里が、獣じみた悲鳴をあげた。その唇にも、別の男の男根がねじりこまれていく。

三上はあわてて扉を開け、外に出た。胸がムカムカし、口の中が気持ち悪くてしかたなかった。エレベーターを待つことすら耐えられず、非常階段で一階まで一気に駆けおりていった。

第五章　可愛《かわい》さあまって

1

「三上さん……三上さんっ！　ちょっと起きてますか？」

目の前で手を振られて、三上はハッと我に返った。手を振っているのは、制服を着た経理部の若いＯＬだった。

「なに？」

「なにじゃないですよ、もう。昨日お願いした書類、いつになったらできるんですか？」

「えっ？　ああ……」

頼まれたことさえ忘れていたので、三上は笑って誤魔化すしかなかった。

「ごめん、ごめん。いまやる。三十分だけ待ってくれ」

「お願いしますよ、ホント」

怒りも露わに去っていくＯＬの後ろ姿を眺めながら、三上は遠い眼になった。やれば五分で終わる書類だが、まったくやる気がしない。

今日は朝からずっとこんな調子だった。仕事がまったく手につかず、昼食を食べるのも忘れてぼんやりしつづけ、気がつけば午後三時。スチャラカ社員どころか給料泥棒と言われてもしかたがない、超弩級《ちょうどきゅう》の腑抜《ふぬ》けぶりである。

脳裏を巡っているのは昨夜のことばかりだった。

ハプニングバーからほうほうの体で逃げだした三上は、急いでコインパーキングに停めてあるラパンに戻った。まったくひどい目に遭った。噂には聞いていたが、河瀬佐緒里の振る舞いは噂以上の無軌道ぶりで、思いだすのもおぞましかった。全力で忘れることに集中し、気持ちを落ち着けた。三上にはこれから、大事な仕事が控えていた。そのためにわざわざN市にまでやってきたのに、乱交パーティで心を乱している場合ではなかった。

ライブハウスの前にクルマを進め、しばらく待っていると愛子が出てきた。立ちどまり、視線を動かしていた。自分を探しているに違いないと、三上はアクセルを踏んで近づいていった。

ラパンの助手席に愛子を乗せ、夜の道を走った。国道沿いにはラブホテルの看板がちらほら見えていたが、眼もくれずに走りつづけた。

やがて、愛子の顔が不安に曇りはじめた。当たり前だ。彼女はこれからセックスが始まると思っているのだ。おそらく、この前のサドマゾチックなやり方が忘れられず、今夜も同じような、いやもしかするとそれ以上の愉悦を味わえるかもしれないと期待しているのだった。

三上にも愛子を抱きたい気持ちはあった。一度目はないと思っていたが、たった一回が、たった二回になるくらいは許されるような気もするので、愛子にその気があるなら朝まで付き合うこともやぶさかではなかった。

しかし、その前に話をしなければならない。なるべく冷静に状況を説明し、今後の対策を練らなければならない。

Ｓ市に向かう道からはずれ、港に向かった。夜の波止場でクルマを停めた。ヘッドライトを消すとあたりは真っ暗で、静まり返って波の音ひとつ聞こえてこなかった。

「話があるんです」

三上は切りだした。運転中の横顔から愛子も察していたようで、

「なにかしら？」

べつだん驚いたふうでもなくうながしてきた。

「実は……実は僕、社長に嘘をついていました……」

三上は、自分が柳田に命じられて愛子を尾行していたことを告げた。柳田が眼の色を変

えて愛子の弱味を探しており、見つかり次第クーデターを起こそうとしていることも。

「僕は……僕は社長と約束しましたから、副社長にはなにも報告してません。今後もしないつもりです。でも副社長は、本気で社長を失脚させようとしてます。社長を会社から追いだそうと……」

驚いたことに、愛子は顔色を変えなかった。

「いいんですか？」

三上は身を乗りだして訊ねた。

「このまま副社長を暗躍させていれば、いずれ弱味をつかまれますよ。地下アイドルをしていることも、他のことだって……」

愛子は横顔を向けたまま唇を引き結んでいる。

「副社長のしようとしていることは、あきらかに会社の乗っ取りです。いまのうちになんらかの手を打たないと……」

「いいのよ」

愛子は悲しげな顔で、けれどもきっぱりと言いきった。

「弱味をつかまれて会社から追いだされてしまうなら、それがわたくしの器なんでしょう」

「いや、でも……」

三上は上ずった声で言った。

「このままじゃ絶対にまずいです。派閥争いなんですよ。戦争みたいなものなんです。ここはひとつ、社長も副社長の弱味をつかんで、会社から追いだすぐらいの気概《きがい》で臨《のぞ》まないと……」

「そんなことはしません。柳田さんの行動も、会社を思ってのことでしょう。あの人は、私利私欲で動く人じゃないです。だから父も……先代の社長も柳田さんには絶大な信頼を寄せていました」

慈悲《じひ》深い菩薩《ぼさつ》のような横顔で愛子は言い、三上はそれ以上言葉を継げなくなった。あまりにも危機感がなさすぎた。お嬢様育ちの弱点なのだろう、人を疑ったり、人と争うことを、本能的に嫌っているような感じだった。

人としては立派だと思う。

女としても素晴らしいと思う。

しかし、会社のトップに立つ経営者として、その態度はいかがなものか。ビジネスの世は弱肉強食、相手は寝首を掻こうと虎視眈々《こしたんたん》とチャンスをうかがっているのである。スパイまで使って弱味を握ろうとしているとスパイ本人が告白しているというのに、どうして平然としていられるのか。

三上はクルマを出した。

ラブホテルに寄る気にはとてもなれず、まっすぐS市まで帰ってきた。言葉も交わさないまま、愛子と別れた。去っていく彼女の背中を、三上は絶望的な気分で眺めていた。愛子が戦ってくれないなら、派閥争いで柳田を凌《しの》いでくれないなら、自分の残された未来は限りなく暗いものとなる……。

「……ふうっ」

深い溜息をつくと、後頭部に刺すような視線を感じた。先ほどのＯＬが、鬼の形相で腕組みし、こちらを睨んでいた。

「まだですか、三上さん？」

怒りに声が震えていた。

「あの、いま……いますぐ……」

三上が焦ってマウスを握ろうとすると、デスクの電話が鳴った。内線だった。

「ちょ、ちょっと待ってね……」

ひきつった笑みで言い、受話器を取った。

「はい、三上です」

「柳田だが」

「……えっ？　はいっ……」

背筋が伸びた。

「いますぐ副社長室まで来てもらえるかね」

「えっ……いますぐですか？　大変申し訳ございませんが、五分ほどお待ちいただけないでしょうか？」

ＯＬの顔をうかがって小声で言うと、

「いますぐだっ！」

柳田は怒声にも似た声をあげ、一方的に電話を切った。

「……す、すまん」

立ちあがりながら、恐るおそるＯＬを見た。

「急な呼びだしで……戻ってきたらすぐやるから……本当だから……」

言いおえる前に、ダッシュでその場をあとにした。

2

「失礼します」

ノックをして副社長室に入るなり、三上の心臓は縮みあがった。自分の置かれた絶望的な状況を、一瞬にして理解した。

ソファに四人の人間が座っていた。柳田、繁信、滑川、そこまでは以前〈波瑠〉に呼びだされて吊しあげを食ったときのメンバーと同じだったが、女がひとり混じっていた。

河瀬佐緒里だった。

昨夜ハプニングバーで、三人の中年男を向こうにまわして肉の悦びに耽《ふけ》っていた女が、涼しい顔で座っていたのである。

「キミには失望させられたよ、三上くん」

柳田が憮然とした顔を向けてきた。三上は立ったままだった。ソファに座ることも許されないようだった。

「あのお嬢さん社長には、大変な秘密があったそうじゃないか。N市のライブハウスで地下アイドルに変身して、腰をふりふり踊っているとか。そうだよな？　キミは知っていて私に黙っていたんだよな？　いったいどういうことなのか、説明してもらおうか」

三上は全身が小刻みに震えだすのをどうすることもできなかった。佐緒里を見ると、横顔を向けたまま口許だけでふっと笑った。

三上の背筋には、戦慄の悪寒が這いあがっていった。つまり、この女は柳田派のスパイだったのだ。常軌を逸したやりまんぶりは煙幕で、もっとえぐい社内の秘密を嗅《か》ぎまわっていたのである。

彼女と関係したばかりに社内での居場所をなくしたり、なかには辞表を出した者までいるらしいが、もしかするとそれは、柳田にとって都合の悪い社員だったのかもしれない。寝技まで使って邪魔者を葬《ほうむ》りさるなんて、くノ一もびっくりな刺客《しかく》ぶりではないか。

いや、いまはそんなことはどうでもいいことだった。問題はこの局面をどうやって乗り越えるかである。うまく立ちまわらなければ、地獄に堕《お》とされる。三上と佐緒里はハプニングバーに入った。三上は佐緒里に指一本触れなかったが、入ったことは事実なのである。佐緒里がスパイだったなら、その証拠をきっちり押さえているに違いない。

「どうなんだねっ！」

柳田にすごまれ、

「いや、その実は……」

三上はしどろもどろに言葉を継いだ。

「実はその……今日にでも副社長に報告しようと思っていたところなんです。鶴谷愛子は〈鶴組〉の社長でありながら、地下アイドルというわけのわからない趣味にうつつを抜かしています。証拠の写真もあります」

スマートフォンを取りだし、愛子がピッタピタのホットパンツを股間に食いこませている写真を見せた。その場にいる全員が息を呑み、続いて不潔な笑みをもらした。

「こりゃあすごいじゃないか。こんな写真を撮っていたのか。河瀬くんの話じゃ、ライブハウスは撮影禁止だったそうだが」

「大きな声じゃ言えませんが、盗撮です。帽子の中にカメラを仕込んで、撮りまくってやりました。ただ……地下アイドルをしているということだけじゃ、決定的な弱味ではないと思います」

「そうかね？〈鶴組〉の看板に泥を塗ってると思うがね」

「たしかに誰もがドン引きすると思いますが、僕はもっと決定的な、会社に対する背任行為をつかもうとしていたんです」

「……見つかったのか？」

柳田が眉をひそめ、他の全員も三上を注視した。

三上は冷や汗を流しながらうなずいた。

「社長が地下アイドルとして出演しているライブハウスは、我が社の所有するビルに入っているんです。各階のテナントからは、会社の口座に毎月の賃料が振りこまれています。でも、ライブハウスからは一円たりとも振りこまれていません。以上は帳簿で確認済みです。おそらく社長が、独断で……ライブハウスのオーナーにタダで貸しだしているんだと思います」

「なんだと」

柳田が身を乗りだした。

「それが本当なら、大変なことになるぞ。自分が破廉恥《はれんち》なライブをするために、会社の不動産を勝手に貸しだしていたとなれば……」

繁信と滑川も気色ばんだ。

「完全に背任行為ですよ、間違いない」

「緊急役員会を招集したほうがいいんじゃないですか」

「そうだな……」

柳田は腕組みをし、大きくうなずいた。

「お嬢さんのクリーンなイメージも、これで台無しってわけだ。地下アイドルに背任行為……地下アイドルなんて、どんなものか知らなかったが、こんないやらしい格好で歌って踊っていたとなれば……」

ソファに座っている四人の中で、佐緒里だけがひとりうなだれ、唇を噛みしめていた。おそらく、愛子の尾行を始めてまだ日が浅く、テナントドルの件まではつかめていなかったのだろう。

とはいえ、三上の気分は安堵からは程遠かった。

ついに言ってしまったのだ。

愛子を売ってしまったのだ。

秘密を守ることを条件に体を許してもらったにもかかわらず、したたかに裏切り、彼女を窮地に立たせることになってしまった。

もちろん、言わなければ三上の立場が危うかった。柳田の怒りを買ったままでは、人事に圧力をかけられて、地方に左遷されたに違いない。建てたばかりのマイホームと新妻を残して、単身赴任の憂《う》き目に遭うことは確実だった。

いや……。

それ以上に決定的だったのは、昨夜の愛子の態度である。三上はすべてを正直に告白し、柳田に対して対抗策を打ちたてたほうがいいと進言した。全身全霊で訴えたのに、完《かん》膚《ぶ》なきまでに無視された。柳田は私利私欲で動く人間ではないと断じ、あろうことか弱味を握られて失脚するならそれまでとまで言っていた。

ならばこういう展開になってしまってもしかたがないではないか。

こちらは二重スパイも辞さない覚悟だった。愛子に派閥争いを制してもらいたかった。クーデターから救い、会社に残ってほしかったのに、それを拒否したのは愛子のほうなのである。

もちろん……。

すべては言い訳だった。

どれだけ理屈を並べたてても、三上が愛子を裏切った事実は覆《くつがえ》らない。たった一度とはいえ、生涯《しょうがい》一と言っていいような衝撃的な恍惚を分かちあった女を、裏切ってしまった事実は……。

3

数日後。

早朝の静まり返った大会議室で、三上は盗撮カメラを仕掛けていた。エアコンの中、観葉植物の陰、カーテンの後ろ、どこの席の人間も完璧に表情をとらえられるように、五つもの超小型ＣＣＤカメラをセットしていく。

その様子を、ふんぞり返って見守っているのは、営業一課長の滑川だった。

「大丈夫なんですか、こんなことして？」

机にのぼった三上は、エアコンのカバーをはずしながら言った。

「なにが大丈夫なんだ？」

滑川はつまらなそうに言った。膝の上でノートパソコンを操作しているので、顔も向けてこない。

「だって盗撮ですよ、これ」

今日の午後一時から、臨時役員会がこの会議室で開かれることになっていた。議題はもちろん、愛子の背任行為についてである。

「大丈夫に決まってるだろ、次期社長がやれって言ってんだから」

滑川は笑った。営業マンとしては凄腕らしいが、笑顔が不潔な男だった。

「柳田さん、今日はとことん行くつもりらしいからな」

「とことん？」

「現社長を泣くまで追いこんで、心を折ってやるって言ってたよ」

三上の胸に冷たい風が流れていく。

「柳田さんって、そんなに社長のこと嫌いなんですかね。恨んでるっていうか」

「逆だよ、逆」

おまえはなにもわかってないな、という口調で滑川は言った。

「柳田さんは愛子さんのことが大好きなのさ。自分が苦労人だからだろうね、お嬢様ってやつに弱いわけよ」

「じゃあ、どうして……」

「可愛さあまって憎さ百倍……いや、ってゆーより、柳田さんはドSなんだよな。飲み屋なんかでも、気に入ったホステスほど、ねちねち、ねちねち、嫌味を言っていじめたがる。あんまり褒められた趣味じゃないが、こうなってみると俺も楽しみだね。見てみたいだろ？　あのお嬢様社長が柳田さんの言葉責めで泣き崩れるところ。クククッ、想像すると、興奮してきちゃうよ」

「もしかして……」

三上は唖然としながら言った。

「滑川さんもドSなんですか？」

「柳田さんには負けるけどねえ」

鳩《はと》のように喉を鳴らして笑っている滑川の眼つきは見るからに残忍そうで、三上は戦慄を覚えた。こんな男にいじめられる役まわりだけは、ごめんこうむりたいと思った。

正午過ぎ。

昼食をパンと牛乳で早々に済ませた三上は、会議室のあるフロアに向かった。そこには大会議室の他、中小の会議室が五つほどある。三上が入ったのは、フロアのいちばん奥にある、いちばん小さな会議室だった。まるで取り調べ室のように狭い部屋なので、普段はほとんど使われていない。

滑川はテーブルに並んでいる五つのノートパソコンの前で、コンビニ弁当を食べていた。

この男は本物のドSらしい。盗撮などという汚れ仕事は、下っ端に任せておけばいいのに、仕事を放りだしてこんなところにいる。愛子が泣かされるシーンをライブで見るためにである。

三上の心の中では、嵐が吹き荒れていた。会議が始まる午後一時が近づいてくるにつれ、暴風雨は激しさを増していくばかりで、椅子に座っているのに何度となく激しい眩暈《めまい》に襲われた。

視線はCCDカメラを通じて盗撮している、ノートパソコンの画面に釘づけだった。

大会議室の楕円形のテーブルには、すでに人が集まってきている。副社長の柳田、専務、常務、執行役員、平取締役……営業本部長の繁信の顔も見える。

しばらくして、愛子が入ってきた。彼女が最後のようだった。いつも通りに濃紺のパンツスーツに身を包み、凛々しい表情をしていたが、彼女は紅一点でおまけに若い。五十代以上の男ばかりが集《つど》った中にいると、猛獣の群れに取り囲まれたバンビのように見えた。

「それでは始めたいと思います。本日の議題を柳田さんのほうから……」

議長にうながされ、柳田が口火を切った。

「えー、先代の社長が急逝して、そろそろ一年になります……。新しい社長の下で私どもも精いっぱい努力をしてきたわけですが、みなさまご存じの通り業績はよろしくない。えー、はっきり言いましょう。現社長に〈鶴組〉の屋台骨を背負っていただくのは、やはり重荷ではなかったのか。これ以上、現社長に重い責務を背負わせるのは申し訳ない、そんな気持ちでおるわけです」

「つまり……」

議長が質《ただ》した。

「解任決議案を提出するということですか?」

「そういうことです」

柳田がうなずく。

「ただ、まあ、現社長は創業者のお孫さんにあたります。杓子定規《しゃくしじょうぎ》なやり方で斬って捨てるのも、どうかと……私としては、穏やかに辞任していただく方向がいいのではないのかと思いますが」

明確な辞任要求に、ざわめきが起こった。役員会議に参加している人間の中で、柳田派閥に属しているのは三分の一ほどだろう。残りは愛子派と中立派が半々と言ったところだろうか。彼らにしてみれば寝耳に水、動揺が走ってもおかしくはなかった。

愛子は顔色を変えなかった。ただ静かに会議の動向を見守っている。

「とりあえずこれを見ていただきましょうか」

柳田が目配せすると、繁信が蛍光灯のスイッチを消し、スクリーンにスライドを映した。N市にある鶴谷ビルである。地下に続く階段の上に〈EVERYDAY　LIVE！〉という看板が輝いている。

さすがの愛子も眼を見開き、息を呑んだ。

「これはN市にあるライブハウスです。若者が集うところですな」

スライドが変わった。〈ぷにゅぷにゅまにあ〉がステージでまばゆいライトを浴びている画像だった。全景を撮っているので、まだいちばん下手にいる人間が誰なのかはわからない。室内のざわめきが大きくなる。柳田派閥の人間も首をかしげている。

「私も知らなかったんですが、こういうのを地下アイドルと呼ぶらしいですな。派手な格好をして歌って踊っていても、世間的には誰も知らない。ただ、そういうマイナーな存在を支持する熱狂的なファンもいて……」

スライドが変わり、客席が映った。ひと目でそれとわかるオタクたちが、眼を血走らせて声援を送っている。

「彼らを惹《ひ》きつけるために、地下アイドルの露出は多くなっていく。それがサービスと勘違いしているようですが、私に言わせればソフトなストリップのようなものですよ……」

スライドが変わり、ホットパンツが食いこんだ股間がアップで映った。こんもりと盛りあがったヴィーナスの丘はもちろん、女の割れ目の形状さえいまにも浮かびあがりそうな写真に、役員たちは眉をひそめ、眼をそむける者もいた。たしかに、会社の会議室では正視に耐えられないほどのエロさである。

愛子の顔色は、すでに真っ青だった。心臓が早鐘を打っている音さえ聞こえてきそうで、三上の心臓も締めつけられる。

「まったく、よくこれが社会問題にならないものだ。断言してもいいですよ、地下アイドル……アイドルなんて言ってますが、歌や踊りが彼女たちの売り物じゃない。性的に扇情してるだけの破廉恥な存在ですよ」

スライドが変わり、ホットパンツを股間に食いこませた女の全身が映った。顔のクローズアップと、交互に映された。金髪のカツラで顔を半分隠したその女の正体に、すぐに気づいた者はいなかった。しかし、角度を変えて顔の写真が何度も映しだされるうちに、疑惑が芽生え、確信に変わっていったようだった。みなの視線が、愛子に集まっていく。

「これはいったいどういうことなんだ、社長！」

柳田が声を張り、愛子はビクンとして身をすくめた。

「我が社のトップという立場にありながら、あなたはいったいなにをやっておられるんだね？」

それは、スクリーンに映っている女が愛子であるという、高らかな宣言に他ならなかった。

愛子はなにも言い返せない。

柳田が畳《たた》みかける。

「はっきり言ってね、こんなものはモテない男のオナニーのおかずでしょ。いやらしい格好して腰振って、あなた、客席の男たちの頭の中じゃ、何度も何度も犯されてますよ。これ以上なく卑猥なやり方で、全身を舐めまわされたり、舐めさせられたりしてるんですよ。となると、もはや誰にでも股を開く売春婦と変わらない。そうでしょ？　ええ？」

柳田の意見は、論理の飛躍がありすぎた。しかし、スクリーンに映っている衝撃的な画像と相俟って、罵倒のダーティワードがリアルに響く。

「社長……いや、愛子さん、あえてそう呼ばせてもらいますが、そんなに地下アイドルがやりたいなら、どうぞご自由におやりなさい。ただし、社長をやめてからね。〈鶴組〉の社長がオナニーのおかずをやってるなんて話が世間にひろまったら、大変なことになる。我が社の従業員、その家族、下請けの人間まで含めて、全員が赤っ恥をかくことになる、あなたがやってることは、そういうことなんだよ」

愛子はうつむいて唇を嚙みしめている。

「黙ってないで、なんとか言ったらどうなんだっ！」

柳田は大会議室中に響き渡る怒声をあげると、楕円形のテーブルの反対側に座っている愛子のほうにカツカツと靴を鳴らして近づいていった。「副社長」「落ち着いて」と派閥の人間がなだめようとしても、ダンプカーのごとき迫力でそれを振り払い、愛子に迫っていく。

「立ちなさい」

柳田に腕を取られ、愛子は立ちあがらされた。まるで罪人だった。

「釈明できることがあるなら釈明してもらいましょうか。いったいぜんたい、どういう了見で、オナニーのおかずなんてやってるのか、自分の立場がわかってるのか、どうなんですか?」

「わ、わたくしは……」

愛子は真っ赤に染まった顔を下に向け、蚊の鳴くような声で言った。

「自分がやってることを……恥ずかしいとは思っていません……」

「はあ? なんですって? オマンコの……いや失礼、女性器の筋さえ見えそうな格好で大股開いて踊ってて、恥ずかしくないんですか? あなたが恥ずかしくなくても、こっちが恥ずかしいですよ」

「……ホットパンツの衣装は、一回で着用しなくなりました。エッチすぎるという意見が出まして」

「そういう問題じゃないでしょ。他の衣装だって、似たようなものじゃないですか。パンチラありきでデザインされてて、客席のむさ苦しい男たちは全員勃起している。下手したら、ポケットに手を突っこんでオナニーしてるやつだっているかもしれない」

「許しませんよ……」

愛子が声を震わせる。

「それ以上、〈ぷにゅぷにゅまにあ〉を口汚く罵《ののし》ることは許しません」

「許さないのはこっちの台詞だっ！」

柳田が怒鳴った。

「あんたの破廉恥行為のおかげで、〈鶴組〉の看板に泥を塗られそうだって言ってるんだ。愛子さん、あなたのお爺さんがつくった会社だよ。それを穢してどうするんだ。辞表を書きなさい。そうすれば、私もこれ以上は言わない。いいですね、辞表を書けばもう責めませんから……」

清濁併せのむ柳田らしいやり方だった。ここで折れるなら、ライブハウスの賃料の件に関しては追及しないと暗に言っているのだ。

愛子は肩を震わせながら、眼尻の涙を拭った。やがて嗚咽《おえつ》までもらしはじめ、その場に崩れ落ちた。

「泣いた、泣いた」

ノートパソコンの画面を見ながら、滑川が笑う。

「さすが柳田さんだ。切り札を使わず、きっちり社長に引導を渡したな」

三上もまた、涙に視界が曇っていた。泣き崩れた愛子の姿を、平静に見つめていることなどできなかった。

「とにかくこれで、勝利は確定というわけだ。クククッ、今夜は〈波瑠〉で祝杯だな。もしかすると明日にでも、新体制が発足《ほっそく》するかもしれない。うーん、こうしちゃいられないぞ。みんなに報告しないと……」

滑川が興奮の面持《おもも》ちで小会議室を飛びだしていくと、三上はこらえていた涙を流した。愛子が不憫《ふびん》でしかたがなかった。

地下アイドルが、それほど悪いことなのだろうか？

柳田の言によれば、ストリップとそう変わらない破廉恥行為で、オナニーのおかずかもしれない。客席にいる男たちにしても、なるほどいかにもモテなさそうなオタクふうの連中ばかりである。

しかし、〈ぷにゅぷにゅまにあ〉は彼らに明日を生きる活力を与えている。なにを生き甲斐にするかは人それぞれであり、他人がとやかく言えることではない。地下アイドルを「売春婦と変わらない」と断じた柳田の生き甲斐は、おそらく〈波瑠〉で高級な酒を飲むことだ。あの店のホステスは枕営業も仕事のうちの、それこそ「売春婦と変わらない」存在ではないか。

会議は散会になったようだった。

ノートパソコンの画面の中で、役員たちが立ちあがり、出口に向かっていく。誰もいなくなっても、愛子はひとり、床に崩れ落ちて涙を流していた。彼女に声をかけたり、慰めたりする人間はひとりもいなかった。

勝負は決してしまったのだ。

いま愛子に情けをかければ、報復人事の対象になる。愛子を支持していた人間も、会議室を出た瞬間に柳田にすり寄っているかもしれない。自分の首がかかれば、あっさり手のひらを返すのがビジネスマンだ。自己保身は醜《みにく》いけれど、彼らにだって養うべき妻子がある。

いや……。

本当に勝負は決したのだろうか？

愛子はたしかに地下アイドルという裏の顔をもち、ライブハウスをタダで貸していたという弱味がある。しかし一方の柳田にだって、弱味はあるはずだ。叩けば埃《ほこり》が出るのは、むしろ柳田のほうではないか。

目の前にある五台のノートパソコンのうち、四台は三上が経理部の倉庫から引っぱりだしてきた古い機種だったが、一台だけ新しい機種が混じっていた。

滑川の私物だからである。

柳田の懐刀と言われている、営業本部長の繁信正夫。その繁信の腹心である、営業二課長の滑川武史のパソコンだ。

叩けば埃が出そうだった。

おそらく、大量に……。

4

その日の夕刻。

愛子からメールが入った。これから会いたいということだった。

ちょうどよかった。三上も話があったので、久々に尾行して途中で声をかけようと思っていたところだった。

指定された場所は、N市にあるホテルだった。ラブホテルではなく、結婚式場や展望レストランもあるきちんとしたホテルである。

わざわざN市まで、という思いもあったが、S市ではどこに人目があるかわからないし、きちんとしたホテルの部屋というのも、聞き耳をたてられたくない話をするのに好都《こうつ》合《ごう》だった。

部屋の扉をノックすると、

「はい？」

扉の向こうから愛子の声がした。

「僕です……三上です……」

扉が開けられ、愛子が顔をのぞかせた。かすかにアルコールの匂いがした。ルームサービスでワインを飲んでいたらしい。酔っている雰囲気ではなかったが、その美貌にいつもの凜々しさはなかった。

ひどく疲れているようだった。表情だけではなく、全身から疲労感が滲《にじ》みでていた。昼間、ノートパソコンの画面越しに見た、泣き崩れている彼女の姿が脳裏に蘇ってくる。

部屋は広かった。セミスイートなのかもしれない。ソファに腰をおろした愛子をよそに、三上は部屋の中心で土下座した。

「申し訳ありませんでした」

絨毯に額をこすりつけた。

「約束を破って、副社長にすべてをぶちまけてしまいました。社長が地下アイドルをやっていた件は、別の人間がすでに嗅ぎつけていたんですが、ライブハウスの賃貸料のことも、僕はしゃべってしまいました」

顔をあげた。愛子の疲れた表情は変わらなかった。

「ただ……ただ、今日の副社長のやり方はあんまりです。僕は、命令されて会議の様子を盗撮していたんですが、副社長は完全に、社長をいじめることを楽しんでた。泣かせてやろうっていう、よこしまな考えがあった。だから、柳田副社長に復讐《ふくしゅう》するつもりなら、その材料を……」

「三上さんって……」

愛子が気怠《けだる》げな声で遮った。

「女心がとことんわからない人なんですね……この前も、そう。わたくし、三上さんに抱かれること考えてドキドキしてたのに……ライブの途中からそのことばっかり考えてたのに……ホテルにも寄らずに帰っちゃうし」

「それは……」

三上は泣き笑いのような顔になった。

「それは、社長がピンチに立たされてるからでしょう？　いまはもっとピンチじゃないですか。土俵際で寄り切られそうなんですよ。だから、僕は……」

「もういいの」

愛子は力なく首を振った。

「地下アイドルをやってるのも、ライブハウスをタダで貸してたのも、事実は事実だから……社長をやめろっていうなら、そうします……」

「いやしかし……」

愛子が立ちあがり、近づいてきた。腕を取って立ちあがらされた。

「そんな話がしたいだけなら、もう帰って」

言葉の冷たさとは裏腹に、声は震え、眼に涙をためていた。欲情だけが生々しく伝わってきて、三上は気圧《けお》されてしまった。いったいなぜ、こんなときに欲情しているのだろう？　神経を疑ってしまうのと同時に、こんなときだからこそ欲情しているのかもしれない、とも思う。

内心で、深い溜息がもれた。

危機的な状況を、刹那《せつな》の快楽で忘れたいと思っている人間を、誰が責められよう。少なくとも、三上にはできなかった。正しいセックスのあり方は、愛の確認作業かもしれない。しかし、溜まりに溜まったフラストレーションを吐きだしたくてすることだってある。ほんのひととき、頭をからっぽにして肉の悦びに溺れることで、冷静さを取り戻せることがある。

黙って抱いてやるのもやさしさなのかもしれない、と思った。

三上は息を吸い、吐いた。

覚悟を決めるしかない、と自分に言い聞かせた。

愛子にはマゾの性癖がある。彼女の頭をからっぽにしてやるためには、ノーマルなセックスではダメだった。いじめてやる必要があった。精神的にも、肉体的にも……。

「脱いでください」

静かに言い放つと、愛子の顔色が変わった。眉根を寄せ、ひときわ淫らに瞳を濡らした。スイッチが入ったことが伝わってきた。たった一度しか体を重ねていないのに、ふたりの間には阿吽《あうん》の呼吸ができあがっているようだった。

濃紺のジャケットを脱ぎ、白いブラウスのボタンをはずしていく。ブラジャーは可愛いピンクで、愛子のキャラクターとはどこかミスマッチだった。ブラウスを脱ぎ、ズボンを脚から抜くと、それ以上の異変を感じた。

まさかと思った。

愛子は背中を向けてブラジャーのホックをはずし、それを取ってソファに置いた。彼女の体にはあとふたつ、下着が残されているはずだった。シコーツとパンティストッキングである。

しかし、こちらを向いた彼女の股間は、肌色のナイロンに黒い草むらが透けていた。彼女の陰毛は濃いので、一瞬黒いバタフライかなにかかと思ったが、どう見てもそれは、ナイロンに押しつぶされた逆三角形の恥毛だった。

つまり、ショーツを穿かず、ナチュラルカラーのパンティストッキングだけしか着けていなかったのである。

パンスト直穿《じかば》き……。

どんな女でも、そんなことをすれば裸身でいるよりいやらしい格好になる。ましてや愛子は、高めの女。若くして社長の椅子に座ったエグゼクティブには、あまりにも似つかわしくなく、卑猥さばかりが伝わってきた。

「いやらしい……」

三上は興奮に声を震わせた。

「そんないやらしい格好で仕事をしてたんですか……」

「ち、違います……」

愛子は恥にまみれた顔で首を振った。

「三上さんを待っている間、わたくし、この前のときのことを思いだして……お仕置きされたことや、お漏らししてしまったことを……そうしたら濡れて濡れて……下着を汚してしまいそうだったから……」

「嘘ですね……」

三上はズボンを脱ぎながら言った。

「社長は計算ずくでそんな格好をしてたんですよ。僕を挑発しようと……」

「違う……」

「違いません！」

三上はブリーフを脱ぎ捨て、勃起しきった男根を露わにした。抱いてやるのもやさしさだと思って始めたはずなのに、イチモツは鬼の形相でいきり勃っていた。臍を叩く勢いで反り返り、先端から大量の先走り液を噴きこぼしていた。

「咥えてくださいよ」

興奮に震える声で迫る。

「そんな格好を見せられたら、たまらない気分になっちゃいましたよ。ひざまずいてフェラしてください」

「ううう……」

愛子はつらそうに唇を噛みしめながら、おずおずと足元にしゃがみこんだ。つらそうな表情はしていても、欲情は隠しきれなかった。まるでピンク色のオーラを纏っているように、裸身が艶めかしく輝いている。

白く細い指先が、勃起しきった男根にからみついてきた。そのすぐ側に、愛子の顔があった。隙のない美貌とおのが男根のツーショットが、現実感を奪うくらいシュールだった。それも当然だった。愛子はまがうことなき高めな女であり、自社のトップに立つ女社長だった。そんな相手に仁王立ちフェラを命じる日が来ようとは、ほんの少し前までは考えられなかった。

愛子が赤い唇を開き、ピンク色の舌を差しだす。

ひどく控えめに、亀頭の裏筋をチロチロ、チロチロ、と舐めてくる。控えめな舐め方でも、愛子の舌の感触はとびきり初々しく、男根は芯からみなぎって膨張を増していった。三上は伸びあがって首に筋を浮かべた。顔の中心が、みるみる燃えるように熱くなっていった。

とはいえ、甘い顔は見せられない。やさしく扱うこともできない。やさしさがあるのなら、逆に容赦なくいじめてやらねばならない。それこそが、彼女の望むところなのだから……。

「手抜きしないでくださいよ」

黒髪のショートカットにざっくりと指を入れた。

「咥えてくださいって言ってるんですよ、僕は」

「……ぅんあっ！」

愛子が唇を割りひろげると、三上は両手で頭をつかんで腰を前に送りだした。ずいぶんと小さな頭だった。それを揺さぶりながら、気品のある唇にむりむりと男根を埋めこんでいった。

「ぅんぐっ！　ぐぐぐっ……」

愛子が鼻奥でうめく。

それでもかまわず根元まで埋めこみ、淫らに歪んだ美貌をむさぼり眺めた。鼻の下が伸び、鼻の穴が上を向いた醜い顔になっていた。もちろん、元が美しいから醜くなることができるのである。美しい顔を醜く歪ませているから、たまらなく興奮を誘ってくるのである。

「手抜きは禁止ですからね」

三上は居丈高《いたけだか》に言い放った。

「舌を動かして、唇で吸ってくださいよ、ちゃんと……」

ゆっくりと腰を動かし、男根を口唇から抜いていく。中にスペースができると、愛子は必死になって舌を動かし、亀頭を吸ってこようとした。しかし三上は、それをあざ笑うかのようにもう一度深々と埋めこんでいく。再び抜いては、埋めこんでいく。

「ぅんぐっ！　ぅんぐぐっ……」

愛子が眉根を寄せた上目遣いで息が苦しいと訴えてきたが、かまわず腰使いのピッチをあげていった。こちらもまた、手抜きはしないつもりだった。愛子が刹那の快楽で我を忘れたいなら、その希望を叶えてやりたかった。彼女が望む、サディスティックなやり方で……。

小さな顔ごと犯すような勢いで、口唇にピストン運動を送りこんだ。息苦しさに愛子の美貌はみるみる真っ赤に染まっていき、それが男の陰毛に撫でられる様子が憐《あわ》れを誘う。しかし、美人というものは素晴らしい。どれだけ醜く顔を歪め、鼻奥から人間離れした悲鳴を放っても、魅力がいささかも揺るがない。むしろ惹きつけられる。大粒の涙を流し、白眼さえ剝きそうになっているのに、凄艶としか呼びようのない濃厚な色香を放つ。

「ちゃんとやるんだっ！　ちゃんと舌を使ってっ！」

三上は鬼の形相で声を荒げた。怒声をあげたことで、腰の動きも荒々しくなっていく。

「自分から誘ったんでしょ？　わざわざこんなホテルに呼びだして、いじめてほしかったんでしょ？　いじめてあげますよ。倒れるまでいじめ抜いて、泣くまで恥をかかせてあげますよ。泣いても許しませんけどね。許すわけないですけどね……むううっ！」

怒濤の勢いで連打を送りこめば、男根が限界を超えて硬くなっていった。こんなふうに、女の顔を犯したのは初めてだった。ヴァギナを犯すよりずっと強く、女を支配している実感があった。しかも、ただの女ではなかった。美貌の女社長を足元にひざまずかせ、好き放題に口唇を穿っているのだ。

いつまでも、この時が続けばいいと思った。

このままずっと、愛子の唇を味わっていたかった。

彼女が失神するまで、口唇にピストン運動を送りこんでいたかった。

しかし、三上のほうに限界が近づいてきてしまった。

唾液にまみれた口内を突きあげるたびに、射精欲が疼いた。カリのくびれにからみついてくる舌が、肉竿に吸いついてくる唇が、男根を火柱のように熱く燃えあがらせていく。

三上は腰の動きをとめ、口唇から男根を引き抜いた。唾液まみれの男根をビクビクと跳ねさせながら、肩で息をした。

ここで放出してしまうわけにはいかなかった。

プレイはまだ始まったばかりだった。

5

痛烈なイラマチオの洗礼を受けた愛子は、両手を絨毯につき、激しく息をはずませた。ほとんど失神寸前だったようだ。強制的に開かされつづけられたせいで、口を閉じることができなくなったらしく、絨毯に大量の唾液を垂らしている。

だが、休ませるためにイラマチオを中断したわけではない。

三上は手早く服を脱いで全裸になると、

「起きるんだ」

愛子の腕を取って立ちあがらせ、バスルームに向かった。

「ずいぶん汚い顔になりましたねえ。せっかくの美貌が台無しだ。洗ってあげますよ……」

愛子の顔は、汗や涙や涎にまみれていた。その顔に、三上はシャワーの湯をかけてやった。

「きゃあっ!」

愛子は悲鳴をあげたが、

「顔をそむけるんじゃないっ！」

三上は一喝《いっかつ》して、顔にシャワーの湯を浴びせつづけた。

もちろん、顔を洗うためというより、水責めがしたかったのだ。そして化粧を落としたかった。素顔になっても美人かどうかを確認したかったのだが、シャワーの湯に溺れそうになっている愛子の顔は、メイクをしているよりずっと綺麗だった。苦しみ悶える顔が、オルガスムスを嚙みしめたときの表情を生々しく思い起こさせた。

ひとしきり顔をシャワーで責めてから、体にも湯をかけてやった。上半身は裸だった。たわわに実った白い乳房の先端に、清らかなピンク色の花が咲いていた。色は清らかでも、いやらしいくらいに尖っていた。

パンスト直穿きの下半身は、さらに何倍もいやらしかった。ナチュラルカラーのナイロンが、湯を含んで素肌に張りついていく。黒々とした陰毛が異様な存在感を放ち、裸でいるよりいやらしく見える。

「ここに座るんだ」

浴槽の縁に腰をおろさせ、脚をひろげさせた。いい格好だった。シャワーの湯を股間にあててやると、愛子は声をあげて身をよじりはじめた。

感じているらしい。

一説によれば、シャワーの湯を股間にあてることで自慰に目覚める女は少なくないらしい。男にはわかりづらい感覚だが、いま目の前にいる女は、どう見てもシャワーの湯で感じている。

三上は右手でシャワーヘッドを持ちながら、左手で乳首をいじってやった。

「ああっ、いやっ……ああっ、いやあああっ……」

愛子は眉間に深い縦皺を寄せ、激しく身をよじったが、決して脚を閉じようとはしなかった。それどころか、股間をしゃくるように跳ねあげては、喜悦を噛みしめるように身をすくませる。三上がシャワーを近づければ声が甲高くなり、遠ざければやるせなさそうな眼つきで見つめてきた。三上はシャワーの湯でしつこく股間を責めたてながら、ピンク色の乳首を口に含んだ。硬く尖った突起を吸いたて、舐め転がし、時に甘噛みまでして刺激してやる。

「くううっ！　くぅうううーっ！」

愛子は美貌を真っ赤に染め抜き、首に何本も筋を浮かべた。ちぎれんばかりに首を振っては、ハアハアと激しく息をはずませた。

「イキそうなんですか？」

咎めるように、三上は言った。

「シャワーなんかでイッちゃうんですか?」

「ああぁっ……イッ、イキそうっ……」

すがるような眼を向けてきた。

「イカせてっ……イッ、イカせてちょうだいっ……」

濡れた瞳がいやらしすぎて、三上は息を呑んだが、

「いやらしいなっ!」

非情に言い放ち、股間からシャワーを離した。カチンときた。そう簡単にイカせるわけにはいかない。簡単におねだりの言葉を口にしたことも気にくわない。

「ああぁっ、どうしてっ……」

絶頂寸前で刺激を取りあげられた愛子は、せつなげな声をあげて身悶えた。ガクガクッ、ぶるぶるっ、と腰から下を震わせた。

「お仕置きが必要ですね」

三上はシャワーをとめて洗面台に向かうと、アメニティグッズをいくつか手にして戻った。怯える愛子の両脚をM字に開かせ、黒々とした陰毛に張りついているストッキングを破った。

「ああぁっ……」

ビリビリッというサディスティックな音に、愛子がおののく。

三上の鼻息は荒くなった。濡れたナイロンの感触はたとえようもなくエロティックで、それに下半身をすっぽりと包まれている愛子は、さぞや淫らな感覚に陥っていることだろうと思った。

とはいえ、ストッキングと戯れるのは先でいい。

まずはストッキングに開けた穴をひろげていき、アメニティグッズのひとつである小さな石鹼《せっけん》を泡立てて、黒い草むらにシャボンを塗りたくった。そしてさらに、T字剃刀《かみそり》を取りだした。

「なっ、なにをっ……」

焦った声をあげた愛子を、三上は下から睨みつけた。

「剃《そ》らせてもらいますよ。シャワーでイキたがるなんていやらしい女には、お仕置きが必要なんですよ。オマンコ、つるつるにしてあげますから」

「そっ、そんなっ……」

愛子は泣きそうな顔になったが、

「嫌なんですか?」

胆力をこめて睨みつけてやると、愛子は息を呑んだ。抵抗の言葉は吐けなかった。ただ顔をそむけ、恥辱に打ち震えるばかりになった。

三上は作業にとりかかった。剛毛なうえ、デリケートな場所だけに、慎重に作業を進めなければならなかった。自分でも稀に見るほどの集中力を発揮し、言葉責めさえ忘れて作業に没頭した。

ジョリ、ジョリ、という毛を剃り落とす音と、毛の下から現れてくる素肌の色に、心を奪われていた。こんもりと盛りあがったヴィーナスの丘は白い。だが、女の花のまわりに近づいていくほど、素肌がくすんでいく。くすみ具合もいやらしく、男心を揺さぶってくる。

すべての毛を剃り落とすと、シャワーの湯でシャボンの残滓《ざんし》を洗い流した。衝撃的な光景が、目の前に出現した。剝きだしの女の花が、アーモンドピンク色に咲き誇っていた。元が剛毛なだけに、顔を半分隠す金髪のカツラを取ったときのようなインパクトがあった。顔と同様、愛子の花は美しかった。美しいのにいやらしく、エロティックに咲き誇っていて、視線をはずすことができなかった。

「全部見えてますよ」

熱い視線を花びらの合わせ目に注ぎこんだ。

「社長のいやらしいところ、全部……」

た。

「ううっ、こんなっ……こんなのひどいっ……」

少女じみた眺めになったみずからの股間を見て、さすがの愛子もべそをかきそうだっ

た。

「ひどいことをされたかったんでしょ?」

三上はクリトリスの包皮を剝いた。真珠のように輝きながら、刺激を求めて小刻みに震

えていた。

「ひどいことされると燃えるんでしょ、社長は……」

ねちり、とクリトリスを舌先で転がしてやると、

「あああっ!」

愛子は白い喉を突きだしてのけぞった。その声音は、いままでよりずっと甲高く、切羽

つまっていた。陰毛をすべて剃り落とされたことで、刺激がよりダイレクトに届くように

なったのかもしれない。

ねちり、ねちり、と三上はクリトリスを舐め転がした。毛がなくなっただけで、普段の

クンニリングスとはまったく違う気持ちの高ぶりがあった。愛子を本当の裸に剝いたよう

な気分だった。蜜のしたたりはじめた割れ目を指でいじった。表面はシャワーの湯で洗っ

てしまったが、蜜壺の中は呆れるくらい濡れていた。先ほど絶頂に達しそうになった熱気

が、まだ生々しく残っていた。

「くぅううーっ！」

Ｇスポットを押しあげてやると、肉づきのいい太腿がぶるぶると震えだした。ヴィーナスの丘を挟んで、内と外からの両面攻撃だ。たまらないのだろう。たまらないほど感じていることが、指先を通じて伝わってくる。クリトリスのサイズさえ、この前よりも大きくなっているような気がする。

「覚えてますか、社長」

三上はねちっこく蜜壺の中を掻きまわしながらささやいた。

「社長はこの前、このやり方でおしっこ漏らしちゃったんですよね。いいですよ、また漏らしても。ここはバスルームだし……」

「いっ、いやっ！」

愛子はひきつりきった顔を左右に振った。

「そっ、それはっ……それは許してっ……漏らすのは、もうっ……」

羞じらう素振りを見せつつも、眉根を寄せたその表情からは、欲望がありありとうかがえた。愛子はイキたがっていた。いくらゆばりを漏らすのが恥ずかしくても、それを吹き飛ばすくらいの快感があるのだ。逆説的に言えば、ゆばりを漏らしてしまうほどの快感があるのだから、羞じらっていることなどできなくなるわけである。

「そんなこと言って、本当はイキたいんでしょ？」

卑猥な笑みをもらしつつ、三上は蜜壺をねちっこく掻きまわし、クリトリスを舐め転がした。Ｇスポットをぐいぐいと押しあげては、膨張しきった真珠肉を吸いたてた。

「ああっ、いやっ……いやようっ……」

「なにがいやなんですか？　すごい締めつけですよ。指が食いちぎられちゃいそうだ」

三上は迷っていた。このままイカせて、再びゆばりのシャワーを浴びてもよかった。あるいはこの場では焦らしに焦らし抜き、イカせるのはベッドに移動してからでもいい。指や舌ではなく、勃起しきったおのが男根で、失神するまで突きまくってやりたい気もする。

「ああっ、ダメッ……もうダメッ……」

愛子がひときわ切迫した声をあげた。

「もっ、もうイキそうっ……」

「イカせてほしいんですか？」

「ううっ……くうぅうっ……あああっ……」

愛子は真っ赤に染まった美貌をくしゃくしゃにすると、

「イッ、イキたいっ……イカせてっ……」

前回は頑《かたく》なに拒んでいたおねだりの言葉を口にした。

「イカせて、三上さんっ……もうイクッ……もうイッちゃいますっ……ごめんなさいっ……また漏らしたら、ごめんなさいっ……あああああーっ！」

最後の悲鳴は、歓喜とは真逆の色に彩られていた。三上が蜜壺から指を抜いたからだ。クリトリスからも舌を離し、オルガスムスに達するための刺激をすべてとりあげてしまったからである。

「ああっ、どうしてっ！　どうしてなのっ！」

さすがの愛子も、表情を険しくした。怒りながら、涙を流していた。オルガスムスを逃してしまったやるせなさに、五体の肉という肉をいやらしいくらい痙攣させた。ただでさえパンスト直穿きにパイパンといういやらしすぎる格好をしているのに、目も眩むような濃厚な色香を放って三上を咎めてきた。

「まったくいやらしいな、社長。なにが漏らしたらごめんなさいですか。恥ずかしくないんですか、そんなにイキたがって」

男という生き物は天邪鬼《あまのじゃく》なのである。

とくにセックスの場面では。

いやと拒まれれば、したくなる。

イキたいとねだられれば、焦らしたくなる。

どこまでも生殺しの苦悶を味わわせ、いじめ抜いてやりたくなる。

6

ベッドに移動した。

愛子は発情しきっていた。

濡れたストッキングを脱がせている間も、しきりに身をよじり、ハアハアと息をはずませて、潤んだ瞳を向けてきた。イキたくてイキたくてたまらない、とその顔には書いてあった。

三上は濡れたストッキングを手に、束の間《つかま》、考えこんでしまった。せっかくの淫らな飾りを脱がせてしまったのは、それで両手を拘束しようと思ったからだった。体の自由を奪って愛撫と放置を繰り返し、とことん焦らしてやってから、自慰をさせようと考えていた。

恥辱に涙を流しながらみずからの股間を掻き毟り、絶頂に駆けあがっていく愛子の姿は、さぞやいやらしいことだろう。この世のものとは思えないほどエロティックな光線を放って凄艶の極みを見せつけ、三上を悩殺してくるだろう。

もちろん、自慰はさせても、絶頂に至る前に邪魔をする。決してオルガムムスは与えない。愛子は半狂乱になるだろう。人格が崩壊しそうな地点にまで追いこまれることになる。

だが……。

急にそんなやり方が嫌になった。三上の中にサディスティックな嗜好《しこう》が足りないのだろう。マゾの愛子をいじめることは刺激的だし、薄皮を剝くように彼女の本能を露わにしていく過程にも興奮していたけれど、もう充分な気がした。

嗜虐《しぎゃく》の欲望のかわりにこみあげてきたのは、愛おしさだった。あお向けになっている愛子に横から身を寄せていき、乳首に触れた。軽く触っただけなのに、愛子はビクンッと大げさに反応し、欲情の涙で濡れた瞳で見つめてきた。視線を合わせたまま息をはずませ、腰をくねらせて、全身で発情を伝えてきた。

可愛かった。

高めの女の最高峰である彼女に、そんな気持ちを抱いているのが不思議だった。可愛くて可愛くてしかたがなかった。今度は乳房を裾野からすくいあげた。丸々と張りつめた隆起に指を食いこませて揉みしだくと、愛子は震える声であえぎながら激しいまでに身をよじった。

欲しくなった。

この女が欲しいという耐えがたい衝動が身の底からこみあげ、いても立ってもいられなくなった。三上には、サディスティックな嗜好ばかりか、才能も欠落しているのだろう。自分のほうが焦れてしまった。相手を焦らしているつもりが、気がつけばこちらが我慢の限界に達していた。

いや……。

心変わりの本質は、もう少し別のところにあるのかもしれなかった。心の奥底に隠していた本音が、チラチラと顔をのぞかせていた。しかし、自分の気持ちと正面から向きあうのは危険だった。下手をすれば、行為をつづけられなくなってしまう。それはまずい……。

「上にまたがってくださいよ、社長」

そっとささやくと、愛子は意外そうな顔をした。まだまだ延々と焦らされることを覚悟し、期待もしていたのだろう。だが、彼女もまた、限界近くまで欲情しきっていた。結合のお許しが出たとなれば、断る理由はない。眼の色を変えて、三上の腰にまたがってきた。

「膝を立てるんだ」

三上は愛子の両膝を立てさせ、和式トイレにしゃがみこむような格好にした。それならば、結合部がよく見える。ましてや愛子の剛毛は、きれいに剃り落としてある。つるつるの剝き身なのである。

「んんんっ……」

愛子が男根に手を添え、濡れた花園に導いていく。想像を遥かに超えたいやらしい光景が、三上の目の前にひろがっていた。ヴィーナスの丘まで切れあがった縦筋と、その下に咲いたアーモンドピンクの花。さらには勃起しきった男根という組み合わせが、セックスを剝きだしにしている。身も蓋もない器官の結合に、戦慄にも似た興奮の震えが起こる。

「んんんっ……あああっ……」

愛子が腰を落としてきた。アーモンドピンクの花びらを巻きこんで、亀頭が割れ目に沈んでいく。愛子の中は淫らなまでに濡れまみれていて、少し挿入しただけで粘りつくような音がたった。

愛子がさらに腰を落としてこようとしたので、

「待ってくださいよ」

三上は両手を伸ばした。太腿を下から支えるように押さえた。

「そんなに焦って繫がらなくてもいいでしょ。飢えてるみたいではしたないですよ。浅ましいっていうか……」

「ううう……」

愛子が羞じらって顔をそむける。はしたなく、浅ましい女になってしまうほど、彼女は欲情しているのだった。三上は支えた太腿を上下に動かした。すべてを呑みこむことができない中腰をキープさせたまま、割れ目で亀頭をしゃぶらせた。陰毛を失ったことで、女の割れ目が唇のように見えた。ただし、蜜壺は口と違って、内側に濡れた肉ひだがびっしりつまっている。男根を迎え入れる器官として、より繊細に吸いついてくる。

「あああっ……はぁあああっ……」

中腰で浅瀬を責められている愛子の顔は、みるみる喜悦に歪んでいった。眉根を寄せ、小鼻をふくらませ、Oの字に開いた唇をわななかせるその表情は、苦悶しているようにも見えるが、肉の悦びを噛みしめている。ずちゅっ、ぐちゅっ、と卑猥な肉ずれ音があがっても、羞じらうことさえできないほど感じている。

愛子が欲しかった。

いますぐ深々と貫いて腰を振りあいたかったが、三上はこらえていた。完全に繋がってしまうのが、怖いのかもしれなかった。

この前は、バックで繋がった。前に鏡があったので表情は拝めたが、いまは向きあっている。乱れた美貌をダイレクトに眺められるうえ、吐息の匂いすら嗅げる。口づけをしようと思えば、すぐにできる。

これで最後まで繫がったら……。

歓喜のあまり、胸の奥にしまってある感情が、爆発してしまいそうだった。気持ちが制御できなくなり、自分でもなにをしでかしてしまうかわからない。

「ねえっ……ねえ、三上さんっ……」

愛子がすがるような眼を向けてくる。

「もっ、もう許してっ……わっ、わたくしっ……わたくし、もう我慢できないっ……ああっ……」

体重をかけてきたが、三上は両腕の筋肉をみなぎらせて、彼女の太腿を支えた。それでもじわじわと結合が深まり、男根が半分ほど呑みこまれた。発情しきっている愛子は不格好に股間をしゃくり、少しでも刺激を得ようとしている。粘っこい音をたてて、性器と性器をこすりあわせる。その表情は鬼気迫るほどはしたなく、浅ましかったが、涙が出そうなくらい可愛かった。

三上の両腕から力が抜けた。

もう限界だった。

剝き身の股間が男根を根元まで呑みこみ、愛子が歓喜の悲鳴をあげる。総身をくねらせながら、上体を倒してくる。三上は抱きしめた。欲情に熱く火照《ほて》り、汗ばんでいる女体をしっかりと抱きしめると、蜜壺に埋まった男根がひときわ硬くみなぎっていった。

それでも、すぐに動きだすことはできなかった。愛子を見た。視線と視線がぶつかった。吸い寄せられるように唇が重なり、舌を吸いあった。上になっている愛子の口から大量の唾液が流れこんできて、三上はそれを嚥下《えんか》した。舌をしゃぶりあいながら、右手を愛子の乳房に伸ばし、したたかに揉みしだいた。愛子が身をよじらせ、性器と性器が少しこすれた。

さらなる刺激を求め、三上は両膝を立てた。下から腰を使い、男根を抜いては入り直していく。愛子が尻を左右に揺らす。肉と肉がこすれあう粘っこい音が、耳からではなく性器を通じて聞こえてくる。気がつけば三上は、怒濤の勢いで下からピストン運動を送りこんでいた。

「ぅんんっ！　ぅんんっ！」

舌をしゃぶったり、しゃぶられたりしながら、腰を振りあった。熱狂が訪れていた。三上は自分の欲望と向きあわされることになった。ひどい言葉を投げつけたり、尻を叩いてみたり、先ほどは陰毛を剃り落とすようなことまでしてしまったけれど、本当にしたかったのはこういうセックスだった。高めの女に恥をかかせて興奮するのではなく、愛しあいたかったのだ。

鶴谷愛子というひとりの女と、骨の髄《ずい》まで愛しあいたかったのだ。

「ああっ、ダメッ……ダメようっ……」

愛子はキスを続けていられなくなり、切羽つまった声をあげた。

「イッ、イキそうっ……わたくし、もうイッちゃいますっ……」

「むううっ！」

三上は鬼の形相で上体を起こし、愛子の体をあお向けに倒した。騎乗位から正常位へと体位を変えた。

騎乗位でイカせるわけにはいかなかった。どうせなら、もっとも強く抱きしめられる正常位で、恍惚を分かちあいたい。

三上は突いた。突いて突いて突きまくった。腕の中で愛子が身をよじり、反り返る。汗ばんだ素肌と素肌が淫らにすべる。

三上が強く抱きしめているのと同じくらいの力で、愛子も三上にしがみついてきた。時折、見つめあい、舌を吸いあった。その感じは親和的なメイクラブそのものなのに、ふたりの顔は険しくなっていくばかりだった。

上半身とは別のリズムで、ふたりの下半身は動いていた。ずちゅぐちゅっ、ずちゅぐちゅっ、と粘りつくような音をたてて、性器と性器をこすりあわせていた。何度となく絶頂を逃しつづけている蜜壺は盛大に濡れているのにすさまじい締まりで、男根も限界を超えて野太く膨張していく。目も眩むような密着感に、リズムがどこまでも切迫していく。

射精欲がこみあげてきても、三上は耐えた。ストロークのピッチを落とすことなく根性だけでこらえ、そのせいで顔がどこまでも歪んでいく。

愛子の顔も歪んでいる。普段とは別人のようにくしゃくしゃになって、淫らな悲鳴がとまらない。やがて、愛子の下半身が痙攣しはじめた。三上もそうだった。ぶるぶるっ、ぶるぶるっ、という小刻みな震えが重なりあった。見つめあいながら、来たるべき恍惚に身構えた。

「……イッ、イクッ！」

先に達したのは愛子だった。

「もうイクッ……イッちゃうっ……イクイクイクイクッ……はっ、はぁあおおおおおおーっ！」

ビクンッ、ビクンッ、と腰を跳ねさせながら、喜悦に歪んだ悲鳴をあげた。先ほどまでの痙攣がマッチの火とすれば、全身を燃えあがらせる業火のように、五体の肉という肉を躍動させた。

その淫らな動きが、射精のトリガーとなった。ヌルヌルした蜜壺が震えながら男根を締めあげてきていた。三上は突いた。汗まみれの顔をこれ以上なくこわばらせて、いちばん深いところに連打を放った。

「おおおっ……出るっ……もう出るっ……」

「ああっ、きてっ……中で出してっ……今日は大丈夫だから、中にっ……」

三上は福音に奮い立ち、最後の一打を突きあげた。

「おおおううーっ！」

雄叫びとともに、愛子の中で精を放った。煮えたぎる欲望のエキスを、蜜壺の中にぶちまけた。身をよじるような快感に耐えきれず、再び腰を動かした。ドクンッ、ドクンッ、と暴れる男根で、愛子を貫いた。女体が浮きあがるほど、痛烈に突きあげた。

「ああっ、イクッ……またイッちゃううううーっ！」

続けざまに達した愛子を抱きしめ、身をよじりあった。ドクンッ、ドクンッ、と射精が訪れるたびに、三上は腰を振りたてた。愛子も腰を使ってきた。恍惚を分かちあっている実感が、たしかにあった。自分はこのセックスをするために生まれてきたのかもしれない
――そんなことさえ思いながら、最後の一滴まで男の精を漏らしきった。

第六章　ドレスの裾《すそ》を踏《ふ》まないで

1

会議室の並んだフロアの廊下を、三上は静かに進んでいった。

いちばん奥にある小会議室の扉を開けようとすると、鍵が閉まっていた。

「すいません、三上です」

ノックをして小声で言うと、滑川が訝《いぶか》しげに眉をひそめて顔を出した。

「なんだ、来たのか」

皮肉めいた笑みを浮かべ、中に通してくれる。テーブルには五台のノートパソコンが並んでいる。昨日と同じ景色である。

大会議室に仕掛けた盗撮用のＣＣＤカメラは、まだ撤収していなかった。昨日に引きつづき、今日も緊急役員会議が開かれることになっていたからだ。

昨日の会議が終わった瞬間から、社内の空気は不穏に乱れた。ある者は浮き足立ち、ある者は顔色を失った。今日の会議で愛子が辞任を表明するという噂が、末端の社員まで流れていた。

「柳田さんが社長になったら……」

滑川が背中を向けたまま言った。ノートパソコンの画像を眺めていた。人会議室の楕円形のテーブルにはちらほらと人が集まっていたが、まだ肝心の柳田と愛子の姿は見えない。

「いや、もうなることが既定路線なわけだけど、面白いことになるだろうな。懲罰《ちょうばつ》人事で、おそらく役員の半分は入れ替えだ。うちのボス……繁信本部長は専務か常務に大抜《だいばっ》擢《てき》。となると、俺には部長の椅子が転がりこんでくるのかな。なあ、三上。おまえも課長代理くらいにはなれるかもしれないぜ」

三上の表情は硬かった。

残念ながら、そのシナリオはあり得ない。

昨夜、三上は愛子と別れる間際、あるものを渡していた。滑川のノートパソコンから抜きとった危険なデータだ。

滑川は営業二課長の肩書きをもち、柳田の覚えもめでたいようだが、セキュリティ意識が驚くほど低い男だった。五分もパソコンをいじっていると、談合や賄賂の証拠となりそうなメールがボロボロ出てきた。下請け会社の経理を洗ってみないと確かなことは言えないが、億単位のキックバックが柳田の懐に入っているようだった。ライブハウスをタダで貸していたことなど吹っ飛んでしまうような、正真正銘の背任行為である。

もちろん、柳田が私腹を肥やすためにそれを使っていたとは思えない。裏金を使わなければ、スムーズに商談が進まないことだってあるだろう。

それはわかっているのだが、愛子がこのまま〈鶴組〉を追いだされてしまうのは、あまりにも理不尽な気がした。ただ追いだされるわけではない。地下アイドルにうつつを抜かしていた破廉恥な露出好き女という汚名を着せられ、石もて追われるのである。

ならば、柳田にも突きつけてやればいい。自分の身を振り返ってもらえばいい。地下アイドルを「性的に扇情してるだけの破廉恥な存在」と決めつけ、「オナニーのおかず」と罵れるほど、自分は清廉潔白なのかと……。

「おっ、来た来た……」

滑川が画面を見て言った。愛子が大会議室に入ってきて席に着いた。

「ハハッ、よく澄ました顔で座ってられるよな。昨日、柳田さんの言葉責めで大泣きしたくせに。俺だったら、恥ずかしくて二度と会社に出てこられないぜ」

三上は内心で舌打ちした。

「ってゆーか、俺は昨日で社長の見方が変わったね。いままでは世間知らずのお嬢様だと思ってたけど、どうしてどうして……エロいよな。泣き顔もエロかったけど、なんと言っても地下アイドルの衣装だよな。あれ、三上が盗み撮りしてきたんだろ？　グッジョブとしか言いようがないね。澄ました顔してるくせに、ホットパンツにマンスジ浮かべて、エロすぎるにも程があるよ」

見えないナイフが刺さったように、三上の胸は痛んだ。

たしかにそうだった。あの画像は、三上が盗撮してきたものなのである。自分さえ撮影してこなければ、こんな男の薄汚い眼に、愛子の恥ずかしい姿をさらさずにすんだのである。

「それで俺は思ったわけよ。どこであの色気を磨いてるのかってね。たぶんよ、キモいオタクに抱かれてるんだよ。地下アイドルとファンのオタクなんて、ズブズブの関係でもおかしくないじゃん？　あのエロい衣装着けて、キモオタに犯されてる社長を想像したら……なんか俺、えらい興奮しちゃってさ。昨日、久しぶりにソープに行っちゃったよ。ハハハッ……」

三上は自分の頭の血管が切れる音を聞いた。

「しゃ、社長は……社長はそんな女じゃない……わけのわかんねえ妄想語ってんじゃねえよ、この野郎」

「はあ?」

滑川が振り返って苦笑した。

「なに熱くなってんの、三上。この野郎って、もしかして俺に言ったわけ?」

滑川は課長の肩書きをもち、年も十歳近く上だったが、三上は怒りに体を震わせており、冷静な判断などできなかった。

「ここにゃあふたりしかいねえんだから、てめえに決まってるだろ」

滑川が啞然とした顔をする。

「言っとくがな、社長は辞任なんかしねえよ。どうしてか教えてやろうか? 俺がそこにあるあんたのパソコンから、面白そうなデータを根こそぎ抜きとって社長に渡したからだよ」

滑川の顔から血の気が引いていった。

「談合、賄賂、下請けからのキックバック……今日泣かされるのは、柳田さんだろうな。下手に足掻《あが》くと、刑事告発まで発展するだろうしな。あんたの行く末は、懲罰人事どころじゃないぜ。ずいぶん手を汚してるみたいだから、警察に引っぱられる覚悟を決めておいたほうがいい」

「てっ、てめえってやつは……二重スパイだったのか？　恥ずかしくねえのか、そんな卑怯な真似《まね》して」

「ああ、恥ずかしいよ。穴があったら入りたいくらいだよ。だがなあ、社長を笑い者にしてるてめえよりはよっぽどマシだ。地下アイドルのなにが悪いんだ？　てめえの真っ黒い腹の中より、よっぽど綺麗だぜ」

「この野郎……」

滑川がつかみかかってきたので、三上は応戦した。しかし、お互いに右の拳を振りあげ、打ちおろそうとした瞬間、衝撃の言葉が耳に飛びこんできた。

「辞任します」

ノートパソコンの画面の中で、愛子が言った。

「わたくし、鶴谷愛子は、本日をもちまして〈鶴組〉の代表取締役社長を辞任いたします……」

三上は右の拳を振りあげたまま、凍りついたように固まった。意味がわからなかった。柳田を黙らせるには、昨夜渡したデータで充分なはずだった。細かい証拠固めは必要にしろ、柳田はちょっとやそっとでは逃れられないほど疑惑にまみれているのである。

なのになぜ……。

どうして愛子は、自分から辞任を口にしたのだろう……。

2

一カ月が過ぎた。

三上にとって、怒濤のひと月だったと言っていい。

愛子は会社を去っていった。理由を訊ねるためにいくらメールを打っても、なしのつぶてだった。自宅の前で張りこんでいればあるいはつかまえることができたかもしれないが、時間的な余裕がなかった。そのうち、気持ち的な余裕もなくなっていった。

二重スパイであることを暴露してしまった三上の末路は悲惨《ひさん》だった。

柳田を社長とした新体制がスタートするなり、能力開発部というところに飛ばされた。他の社員は誰もいない、三上に辞表を書かせるために新しく設置された部署だった。ネットカフェの個室より狭い部屋に一日中閉じこめられ、一日に一万字以上、自己批判のレポートを書いて提出するように命じられた。

さすがに頭にきて、柳田の背任行為を告発してやろうと思ったが、証拠のデータは愛子に渡したままだった。愛子がそれを使わなかったのだから、使わないほうがいいと、必死に自分に言い聞かせた。どのみち、〈鶴組〉の中で生きていく芽はもうないだろうと思った。自己批判のレポートではなく、辞表を書いて会社を去った。

問題は、妻の奈美だった。

彼女は、〈鶴組〉の社員という三上の肩書きに惹かれて結婚してくれた部分が大きかった。三上がスチャラカ社員のヒラリーマンとわかってからも、出世を願って励ましてきた。左遷部屋に追いやられて辞表を書いたなどと正直に言えば、落胆のあまり、しばらく実家に帰ってしまうかもしれなかった。

彼女にはなにも知らせないまま再就職先を探し、軌道に乗ってから実は転職したのだと伝えたほうが賢明だろうと判断した。S市の中で〈鶴組〉より待遇のいい企業などほとんどないから、年収ダウンはしかたがないが、ヘッドハンティングされたとか、小さな会社のほうが出世が見込めそうだとか、彼女が好みそうなストーリーを練りあげるしかない。

しかし、柳田の報復は執拗《しつよう》を極めた。

三上が会社を辞めたことを、匿名《とくめい》の電話が奈美に伝えた。

それだけではない。

飲酒運転で事故を起こしたとき、隣に乗せていた激安キャバクラのエリが自宅を訪ねてきた。三上が不在の時間を狙いすまして現れ、事故の後遺症で首が痛いから賠償金を払ってほしいと奈美に詰め寄ったらしい。もちろん、本気で賠償金がほしいわけではなく、そもそも首を痛めるほどの大事故でもなかったわけだが、柳田に金をつかまされてそんなことを言いにきたのだろう。三上の浮気を奈美に伝えることが目的に決まっている。

実際、エリからは二度と連絡がなかった。しかし、たった一度で、効果は抜群だった。仕事に邁進《まいしん》していれば、奈美は寛容な女だった。キャバ嬢との浮気くらい許してくれたかもしれないが、失業とのダブルパンチで心が折れてしまったのだろう。エリが現れてから三日後、離婚届を置いて家を出ていった。

それでも三上には、自棄酒《やけざけ》を飲む時間すらなかった。とにかく仕事を探さなければならなかった。

そして、ひとりでは広すぎるマイホームを、なんとかしなければならなかった。築一年で売りにだすのはあまりにも損失が大きいので、賃貸に出すことにした。再就職先がなかなか見つからなかったので、かなり焦っていた。引っ越し先は、いまどき学生も住まないような六畳ひと間のボロアパートだった。

どこからも連絡はなかった。気が置けない仲だと思っていた同僚も何人かいたが、慰めのメール一本届かなかった。会社を辞め、離婚をしたことを告げると、両親にも呆れられた。金の無心のため恥を忍んで我が身の苦境をぶちまけたというのに、一円も借りることはできなかった。それどころか、再就職先が決まるまで、実家の敷居をまたぐなと厳命された。

諸行無常である。

引っ越し費用を捻出《ねんしゅつ》するため、家財道具をほとんど売り払ってしまったので、六畳ひと間には万年床のせんべい布団があるだけだった。大の字になって天井を見上げていると、落ち武者のような気分になった。

派閥争いは戦争みたいなものらしい。柳田の懲罰人事によって、愛子を支持していた役員も、きっとそれぞれ悲惨な末路を辿《たど》っていることだろう。裏切りの二乗、仁義にもとる二重スパイの身となれば、打ち首獄門でないだけマシだと考えるべきなのだろうか。

「溜息も出ないな、もう……」

力なく独りごちると、安っぽいベニヤ製の扉がノックされた。

この部屋を訪れる者は、新聞や新興宗教の勧誘くらいだった。無視していたが、ノックはしつこかった。しかたなく扉を開けると、女がひとり立っていた。

愛子だった。

一瞬、別人かもしれないと思ってしまったのは、花柄のワンピースを着ていたからだ。

〈ぷにゅぷにゅまにあ〉の衣装以外では、濃紺かグレイのパンツスーツ姿しか見たことがなかった。

いや、それ以上に表情が明るかったせいかもしれない。社長を務めていたときは思いつめたような表情をしていることが多かったのに、陰というか曇りというか愁いというか、そういうものがきれいさっぱりなくなっていた。

「……なんですか？」

三上はふて腐れた態度で顔をそむけた。できることなら二度と会いたくなかった。〈鶴組〉時代のことは忘却《ぼうきやく》の彼方《かなた》に押しやらなければ、前に向かって進めないと思っていた。前に進んだところで、たいした未来があるとは思えないが……。

「ってゆーか、どうしてここがわかったんです？　誰にも言ってないのに」

「元のおうちに行ったら、不動産屋さんを教えてくれて。そこで……」

個人情報流出もいいところだ。

「これ……」

愛子が背中に隠していた花束を差しだしてきた。真っ赤な薔薇だった。三上の顔はひきつった。

「もしかして、馬鹿にしてます？　この部屋に花瓶があると思うんですか？　むさ苦しい男のひとり暮らしの部屋に」

「……ごめんなさい」

愛子があからさまにしょげかえったので、三上はバツが悪くなった。苦虫を噛みつぶしたような顔で深い溜息をつくと、

「どうぞ」

扉を大きく開いて中に招いた。

「社長の家の玄関より狭いでしょうけど、よかったら」

「すいません……お邪魔します……」

愛子がおずおずとあがってくる。

「お茶も出ませんよ。それどころか、座布団もない」

万年床のせんべい布団を折りたたみ、押し入れに突っこんだ。家財道具がない六畳間は、ひとりでいると広く思えるけれど、ふたりでいると妙に狭苦しく感じられた。気にせず畳の上にあぐらをかいた。愛子も腰をおろす。

気まずい沈黙が流れた。

愛子を前にすると、どうしたって最後のセックスのことを思いだしてしまう。身も心も、あれほど奮い立ち、満たされたセックスは初めてだった。夢中になり、熱狂し、射精に達した瞬間、体の内側で爆発が起こったかと思った。

派閥争いに巻きこまれたおかげで、会社は追い払われるわ、妻から三行半を突きつけられるわ、散々な目に遭ったけれど、派閥争いに巻きこまれなければ、彼女を抱けることもなかった。

そう思うと、いま自分が置かれている悲惨な境遇にも諦めがついた。あれほどいい思いをしてしまったのだから、反動があってしかるべきだと思っているところがあった。禍福はあざなえる縄のごとし、である。

「……怒ってます？」

愛子が上目遣いでポツリと言った。

「なにを？」

三上はとぼけた。

「だって……」

愛子が言いづらそうに言葉を継ぐ。

「せっかく三上さんが助けてくれようとしたのに、社長を辞任してしまって……そのあとメールをいただいても、返せなかったし……」

「べつに……怒ってませんよ」

三上は力なく首を振った。

「社長には社長のお考えがあったんでしょうし。僕が渡したデータは、扱いようによっちゃ、会社の屋台骨さえ揺らがしたかもしれませんしね」

「やっぱり怒ってる」

愛子は悪戯っぽく笑った。三上は本当に怒っていなかった。しかし、いまの愛子の態度にはカチンときた。だいたい、いまごろになっていったいなにしにきたのだろう？

セックスがしたいのか？　三上と分かちあった恍惚が忘れられなくて、もう一度抱いてほしいというのだろうか？　それならそれで、こちらもやぶさかではないわけだが……。

「わたくし、やっぱり、社長になんて向いてなかったんです」

やけに明るい口調で、愛子は言った。

「たまたま創業者の家系に生まれたから三代目の椅子に座らされましたけど、自分でもわかってました。わたくしが長く社長の椅子に座っていたら、〈鶴組〉に未来はなかったと思います」

「まあ、そうかもしれないけど……」

「人には向き不向きがありますから」

「そうですね。社長にはボランティアが向いてますよ」

「わたくし、もう社長ではありませんから」

愛子は唇を尖らせた。

「それに、ボランティア精神は好きですが、NPO法人みたいなところで働くのも、たぶんあまり向いてません」

「じゃあ、なにが向いてるんですか?」

三上は極めて面倒くさそうに訊ねたのだが、

「訊きたいですか?」

愛子は瞳を輝かせて身を乗りだしてきた。

「いや、べつに……無理には訊きたくないかな……」

三上は苦笑した。

「そんなこと言わないで訊いてくださいよ」

「……なに?」

「地下アイドルです!」

愛子が胸を張って答えたので、三上は全身から力が抜けていきそうになった。

「知ってます? 地下アイドルって、けっこうメンバーが重なっていることが多くて、わたくしもいま、三つのユニットに所属してるんです。この前初めて、東京でもライブしました。知名度がないんで集客はイマイチだったんですけど、とっても盛りあがっちゃったんですよ」

薄々勘づいていたことだが、彼女はもしかすると天然なのかもしれなかった。そう言って悪ければ、浮き世離れしている。社長を辞任したところで、実家は資産家だ。働かなくても生活に困ることはない。早急に仕事を見つけなければ来月の家賃さえ払えない自分とは、根本的に違うのだ。それにしても、就職活動もせずに地下アイドルとは呆れるしかないが……。

「それでね、三上さんっ！」

愛子が声をはずませた。

「実はN市のライブハウスの支配人が、放浪の旅に出るとかで、お店を手放したがっているんです。わたくし、買っちゃおうかと思いまして。そうしたら三上さん、新支配人というか、プロデューサーというか、そういう形で力を貸してもらえないでしょうか。最初はあんまりお給料出せないと思いますが、ふたりで頑張ってお客さんに来てもらえば、そのうちきっと〈鶴組〉のお給料より高いくらいに……」

「馬鹿馬鹿しい」

三上は吐き捨てるように言うと、立ちあがって窓を開けた。家賃が安いだけが取り柄《とりえ》のこのアパートも、窓からの眺めは悪くなかった。海に向かって延々と埋め立て地が続いていた。いまはまだなにもない荒涼とした景色だけれど、やがて建物が立ち並ぶところを想像すると胸が躍った。

「俺がなかなか再就職先を見つけられないのを察して、仕事を与えてくれるっていうんですか？　それにしても、お嬢様の道楽の手伝いとは恐れ入る。足元見ないでくださいよ。俺はそんな、女のお情けにすがって生きるような、情けない男じゃないですから」

愛子は黙っている。三上も振り返らずに耐えた。ここまで言いきってしまったからには、もはや後戻りはできない。愛子は怒って帰るだろうが、それでいい。帰ってもらわないと、こちらが困る。胸のうちに抑えこんでいる感情が、あふれだしてしまいそうになる。

「意地悪言わないでくださいよ……」

愛子が涙声を震わせた。

「お情けなんかじゃなくて、一緒にいたいだけなのに、どうしてわかってくれないんですか？」

振り返ろうとする三上の背中に、愛子が抱きついてきた。

「好きだから、一緒にいたいのに……ただそれだけなのに……三上さん、わたくしのこと嫌いですか？　愛されてると思ったのは、錯覚《さっかく》ですか？　わたくし……わたくし……」

愛子の言葉は、涙に呑みこまれて崩れ去った。

三上も言葉を返せなかった。

振り返って、抱きしめてやることもできなかった。

号泣していたからだった。

感極まって涙があふれ、ぐちゃぐちゃになった顔を、恥ずかしくて愛子に見せることができなかった。

3

さらに半年が過ぎた。

「うーん、もうちょっと右かな」

誰もいない客席に立った三上は、舞台に向かって指示を出していた。脚立に乗ったふたりの若い男が、横断幕を張っている。幕に躍っている文字は「HAPPY BIRTHDAY! AIKO!」。

「うん、そんな感じでいいんじゃないかな。ふたりとも飯にしちゃってよ。花スタンドなんかの受け取りは、俺がやっとくから」

「ういーっす」

若いふたりの従業員は、バンドをやっているのでモヒカンとスキンヘッドだった。見た目は厳《いか》ついが、心はきれいだ。派閥争いにうつつを抜かしているサラリーマンと違って、裏表がない。

ふたりが出ていくのと入れ替わるように、愛子がやってきた。

「どうしたんだよ、えらい早いな。まだ昼過ぎだぜ」

三上は腕時計を見て苦笑した。ライブのスタートは七時半。リハーサルが始まるまでにも、まだ三時間以上ある。

「なんだか、家にいても落ち着かなくて」

愛子は照れくさそうに笑った。

「手伝えることがあったら、手伝おうかと……」

「ないよそんなもの」

三上は呆れた顔で言った。

「愛子さん、今日は主賓なんだからさ。ドーンと構えてればいいんだよ。リハの時間まで、エステでも行って美貌に磨きをかけてきたら」

「……意地悪」

拗《す》ねたように唇を尖らせた愛子を見て、三上は笑った。

ここはN市のライブハウスだ。

三上は結局、愛子に乞《こ》われるまま、この店の支配人に収まった。あまりにも行き当たりばったりの展開で、そんなことでいいのだろうかと思ったが、どうせなにもかも失った身の上だった。なにもかも失っても、たったひとつだけ確かなことがあった。

愛子のことが好きだった。

その女が、涙ながらに一緒にいたいと言ってくれたのだ。ライブハウスの支配人でも、地下アイドルのマネジャーでも、どんなことでもできると思った。

趣味人であった元の支配人が去り、三上と愛子が店をプロデュースするようになって以来、業績は右肩あがりだった。

まず、ライブが終わったあとにバータイムを設《もう》けた。予想以上に好評で、それだけで利益が数倍に跳ねあがった。

さらに、東京や名古屋や大阪の地下アイドルと提携し、頻繁《ひんぱん》に呼んだ。地下アイドルには、金に糸目をつけない熱心なファンがついている。彼らが遠征してくるので、店はかなり潤った。全国各地の地下アイドルとそのファンが交流できることから、この店は地下アイドルの聖地として名をあげていった。

もちろん、店の看板である〈ぷにゅぷにゅまにあ〉の売り出しにも余念がなかった。いままではただ単にライブを行っていただけだが、クリスマスやヴァレンタインデーなど、季節ごとにライブに特色をつけ、限定グッズを売りだしたりした。バースデイライブもその一環で、かなり好評だった。三十一歳という、アイドルと呼ぶには厳しい年齢になってしまう愛子も、今日を楽しみにしていた。

「コーヒーでも淹《い》れましょうか?」

三上が言うと、

「ううん」

愛子は首を横に振った。

「それより、衣装が見たいかな」

「ハハッ、またですか。昨日さんざん見たじゃないですか」

「でも見たいの」

「まあ、いいですけど」

一緒に楽屋に向かった。〈ぷにゅぷにゅまにあ〉の衣装は、そのほとんどを愛子がデザインし、裁縫《さいほう》が得意な知人に格安でつくってもらったり、難しいものは業者に頼んで制作したりしている。

愛子のバースデイライブである今日のために用意された衣装は特別なもので、愛子が自腹を切って五人分の制作費を業者に払った。かなりの額になったので、三上もできる範囲でカンパした。

「うわあっ！」

楽屋の扉を開けると、愛子は感嘆の声をあげた。五人分の衣装がスタンドハンガーにかかって勢揃いしている光景は、たしかに圧巻だった。

「やっぱり、いいなあ」

「大げさですねえ。昨日も見たし、そもそも愛子さんがデザインしたものじゃないですか」

からかうような三上の言葉を無視して、愛子は衣装の前に進んでいく。

ウエディングドレスをモチーフにした衣装だった。他のメンバーには、ピンク、ブルー、イエロー、グリーンと色が割り振られているが、今日の主役であり、センターを務める愛子の衣装は純白だ。ダンスができるように軽い素材でつくられているが、プリンセスラインのウエディングドレスそのものに見える。

見ていると、なんだか胸が熱くなってきた。

三上と愛子は現在、付き合っている。

愛子がライブハウスの近所に借りたマンションで、ほとんど同棲《どうせい》のような生活をしているのだが、三上がバツイチだったり、愛子が資産家の娘だったり、仕事も不安定な状況では、結婚はまだまだ先の話だった。いや、正直言って、できるかどうかもわからない。ふたりの未来は限りなく不透明で、確かなことはなにひとつなかった。

三上も愛子も、そのことは充分に承知しているから、結婚の話にはお互いなるべく触れないようにしている。

だが、女の愛子にはやはり、結婚願望があるのだろう。今回の衣装は、そんな思いが爆発したようなものだった。たとえライブのステージでも、ウエディングドレスを着てみたいのだ。もちろん、いま着るということは、三上のために着るということに他ならない。三上に見せるために着たいのである。

三上にも、彼女の気持ちは痛いほどよくわかったから、とめなかった。もしかすると、結婚という制度においては、祝福されないふたりかもしれない。だが、いま彼女と愛しあっている証として、今夜のステージは眼に焼きつけておくつもりだった。未来に確かなことはなにひとつなくとも、いま現在ふたりが愛しあっていることは、まぎれもない真実なのだから……。

「……着てみようかな」

愛子がポツリと言ったので、

「またですか」

三上は呆れたように言った。

「昨日もみんなで試着大会でしたよね。あやうく終電に乗り遅れそうになった子がいて、駅まで走らせたんですよね」

「今日はもう、終電関係ないし……」

愛子が悔しげにうつむく。

「リハまでまだ三時間以上あるんですよ、三時間以上」

三上はなだめようとしたが、

「その三時間が待ちきれないんじゃないの」

愛子は胸の前で手のひらを重ね、夢見るような顔で言った。まるで乙女だった。ほんの半年前まで、S市を代表する建築会社の社長を務めていたとは、とても思えない。あのころの凜々しさは、愛子にはもうなかった。かわりに、華やかで可愛らしい女になった。

「わかりましたよ……」

愛子の着替えを待つため、三上は渋々と楽屋を出た。

彼女の変化をどう捉えるべきか、微妙なところだった。普通に考えれば、いまのほうがずっといい。重責から解放されて活きいきしている。好きなことを仕事にしている充実感が、顔に出ている。表情だけではなく、口調や立ち居振る舞いも、明るく快活になった。

だが、三上は忘れられない。

濃紺やグレイのパンツスーツに身を固めていたころの愛子には、あれはあれで独特の色香があった。凜とした表情をしていたのは、プレッシャーに押しつぶされまいと強い女を演じていたからだ。本当はふりふりのミニスカートが大好きな乙女のくせに、自分を偽《いつわ》っていたのである。

裸にすると、その反動が現れた。縛ってほしいと言い、お仕置きをしてくださいとねだり、年下の平社員にいじめられて暗い快感をむさぼっていた。

同棲する仲になり、三日にあげず体を求めあっているけれど、いまではもう、あんなふうにSMじみたセックスをすることはない。

三上にサディスティックな嗜好や才能がなかったせいもあるが、愛子もまた、生来のマゾではなかったのだ。社長業をしていたときの期間限定で、彼女はドMだったのである。

付き合いはじめてから、三上はそのことに心の底から安堵した。愛子のことは好きだったが、毎回毎回ドロドロのSMプレイを求められるとしんどいな、と思っていたからだった。

とはいえ……。

近ごろときどき、あのころのセックスが、無性に懐かしくなることがある。

考えてみれば不思議なことだ。

三上は柳田から与えられた使命を放棄《ほうき》して、愛子に体を求めた。卑劣な脅《おど》し文句で、ベッドインを迫った。そんなふうに始まったセックスなのに、気がつけばふたりとも陶酔の最中にいた。三上は愛子の尻を叩くことに夢中になり、愛子は叩かれることに翻弄され、ゆばりを漏らすほどの絶頂に達した。愛でもなく、恋でもないのに、ひりひりするような肉の交わりを繰りひろげたのだった。

あんなセックスは、もうできない。

いまのふたりには、愛もあれば、恋もある。お互いを慈《いつく》しみあいながら、やさしい愛撫を交わし、気持ちを重ねて絶頂を目指す。もちろん、それはそれで悪くない。悪くはないのだが……。

4

「どうぞ」

楽屋の中から声をかけられ、三上は扉を開けた。開けた瞬間、息を呑んだ。

純白のウエディングドレス姿の愛子が立っていた。

昨日も見たけれど、メンバー全員と一緒だった。彼女たちをはじめ、このライブハウスに関わっている人間はみな、三上と愛子が恋仲であることを知っている。しかし、だからといって愛子のことだけを見るわけにもいかず。むしろ逆に他のメンバーのほうを積極的に眺めて、大げさに褒めていた。そうしなければ、照れくさくてしかたがなかった。

だから、まじまじと愛子だけを見るのは今日が初めてと言っていい。

扉を閉め、椅子に座って熱い視線を向けた。プリンセスラインのドレスなので、裾が大きくひろがっている。ダンスをすればそれがゴージャスに揺れて、たまらなく可愛らしいだろう。

愛子はツンと澄ました表情で立ったまま動かない。まるで、ウエディングドレスを着た女はみんなお姫様なの、とでも言いたげである。

もちろん、三上の視線は感じている。見つめられることの恍惚に酔っているはずだが、そんな気持ちはおくびにも見せない。

「もったいないな……」

長い溜息をつくように、三上は言った。

「なんだかんだ言っても、ウエディングドレスは女をいちばん綺麗に見せる、最終兵器みたいなものです。それを結婚前に着ちゃうなんて……」

「親が知ったら泣くでしょうね」

愛子は悪戯っぽく笑った。

「若い子たちはともかく、わたくしみたいな歳の女がステージでドレス着ちゃったら、婚期が遅れそうだって……」

三上も笑おうとしたが、頬がひきつってうまく笑えなかった。

「でも、後悔はしないと思います。三上さんに……あなたに見てもらいたかったから……いまの気持ちは、あなたのお嫁さんだから……」

「やめてくださいよ」

三上は溜息まじりに首を振った。

「そんなこと言われたら、泣きそうになるじゃないですか」

「泣いても、いいですよ……」

愛子がせつなげに眉根を寄せて見つめてくる。

「そうしたら、わたくしも泣きます……悲しくて泣くんじゃないですよ。嬉しくてです
……」

てしまっていた。

「愛子さん……」

三上は椅子から立ちあがり、身を寄せていった。愛子も両手を伸ばしてくる。抱擁し、唇を重ねた。熱いものがこみあげてきたが、三上は涙を懸命にこらえた。涙のかわりに勃起していた。純白のウエディング姿の愛子に、いても立ってもいられなくなるほど興奮してしまっていた。

「……やだ」

愛子がキスをといて下を見た。

「ドレスが、汚れちゃう……」

「す、すいません……」

ドレスの裾を、三上が踏んでいたのだった。あわてて後退《あとじさ》ると、愛子がとんでもない行動に出た。スカートのホックをはずし、脱いでしまったのである。

三上は一瞬、金縛りに遭ったように動けなくなった。

脱いだこと自体にも驚いたが、ふわふわしたプリンセスラインのドレスの下から現れたのは、白いガーターベルトと同色のセパレート式ストッキングだった。スカートの中まで、愛子は特別な格好をしていたのである。

三上はピクリとも動けないまま、眼を見開き、息を呑んで、愛子のことをただ呆然と眺めていた。

腰から上は、完全なる花嫁衣装だった。頭には銀のティアラと白いベール、両手には白いシルクのロンググローブまではめている。

一方、腰から下は、グラビアモデルも真っ青のお色気である。白いシルクのハイレグショーツ、白いレースのガーターベルト、太腿に白いレースの飾りがついたセパレート式ストッキング、足元は白いハイヒール。

いやらしすぎる格好だった。

ただでさえ、愛子の下半身にはセックスアピールがある。淫らなまでに逞しい太腿が、男心を揺さぶってやまない。

ごくり、と三上は生唾を呑みこんだ。愛する女のこれほどセクシーな姿を前にして、理性を失わない男などいるはずがなかった。

「リハまであと三時間……時間はたっぷりありますね……」

三上は腕時計を見ながら言うと、扉の鍵をかけ、窓のカーテンを引いた。考えてみれば、ベッドのある場所以外で彼女とセックスをしたことはない。強いて言えば最初のとき、絨毯に四つん這いになった愛子を後ろから突きあげたことがあるくらいなものだ。

ここでまぐわえば、もしかするとあのときと似たような興奮を味わえるかもしれない。

三上は鼻息荒く愛子に近づいていった。腰を抱き、下半身に手指を伸ばしていったが、

「ダメよ」

愛子は冷たくその手を払った。

「これからステージに立つ神聖な衣装で、変なことさせないで」

「そんなこと言ったたって……」

自分からスカートを脱いで挑発してきたんじゃないか、と三上は思ったが、口にはしなかった。ここで愛子の機嫌を損ねても、いいことはなにもない。

「愛子さんがあんまり綺麗だから、興奮しちゃったんですよ。いいでしょ?」

もう一度、手指を下半身に伸ばしていったが、

「見るだけです」

愛子は頑なに払ってくる。

「たまらなくなっちゃったんですよ」

「そんなこと言われたって……」

「せめてフェラだけでも」

「……んもう」

愛子は咎めるような眼つきをしながらも、三上の足元にしゃがみこんだ。ベルトをはず

し、ファスナーをさげ、ズボンとブリーフを一緒にさげた。

勃起しきった男根が唸りをあげて反り返り、

「……やだ」

愛子の頬は赤く染まった。勃起の勢いも恥ずかしくなるほどだったが、それ以上に、楽屋が明るいせいだろう。普段メイクラブをしている寝室はダークオレンジの間接照明だが、ここは蛍光灯が煌々《こうこう》とついている。赤黒い亀頭の色艶や、肉竿にのたうちまわる太ミミズのような血管など、ディテールまですべてがつまびらかだ。

「すごい……興奮してるんですね……」

愛子は赤く染まった美貌を伏せて言いながら、白いサテンのロンググローブを嵌めた手指で男根を握りしめてきた。

「むうぅっ……」

そっとこすられただけで、三上の体は伸びあがった。白いサテンのロンググローブが、あまりにも刺激的だった。シルクの感触はもちろん、見た目が扇情的すぎる。ティアラやベールに飾られた顔や、セクシーランジェリーに露わな下半身も、身震いを誘うほど悩殺的である。

すりっ、すりっ、と肉竿をしごきたてながら、愛子はピンク色の舌を差しだした。いきり勃っている亀頭を慈しむように舐めまわしてから、口唇に含んだ。

「おおおっ……」

生温かい口内粘膜の感触に、三上はだらしない声をもらしてしまった。すでに数えきれないほど味わっている愛子のフェラチオだが、いくら味わっても飽きることがない。特別なテクニックがあるわけではなく、どちらかと言えば拙い部類のフェラチオだったが、彼女は群を抜いた美人だった。

美貌を歪めてしゃぶられると、身をよじりたくなるほど興奮してしまう。ひどく申し訳ないような気持ちになるのと同時に、もっと歪めてやりたくなる。美貌が醜くなればなるほど、興奮の度合いが高まっていく。ましてや、今日の愛子は花嫁衣装だった。ビジュアルの刺激が、普段とは比較にならない。

三上がベールを被った頭を両手でつかむと、愛子は上目遣いを向けてきた。瞳に不安の影が差していた。

三上はかまわず、腰を振りたてた。ずぼっ、ずぼっ、と音をたて、口唇にピストン運動を送りこんだ。

本気で腰を動かしたわけではない。あくまでいつものセックスの延長線上のものだったが、

「ぅぐっ……ぅんぐぐっ……」

苦しげに眉根を寄せている愛子の顔が、男の淫心に火をつけた。いやがうえにも、かつてのイラマチオを思いだしてしまった。いじめ抜くことで愛子を解放してやろうとした、サディスティックなあのプレイを……。

愛子が涙を流しても、容赦なく根元まで咥えさせ、美貌が醜く歪んでいくほどに、三上は燃えた。顔ごと犯すような勢いで怒濤の連打を送りこみ、愛子を失神寸前まで追いこんだ。

「ぅんぐっ……ぅんぐぐぐっ……」

上目遣いでこちらを見ている愛子もまた、あのときのことを思いだしているようだった。濡れた瞳をぎりぎりまで細めた表情から、気持ちが伝わってきた。

もっと激しく、と誘っていた。

あのときのような燃え狂うセックスがしたい、と彼女の顔には書いてあった。

ならば、応えないわけにはいかなかった。

三上は愛子の頭をしっかりとつかみ、腰を振りたてた。喉の奥まで亀頭を送りこんでは、勃起しきった男根を勢いよく抜き差しした。

「ぅんぐっ……ぅんぐううーっ！」

愛子は真っ赤に染まった小鼻から悶え声をもらし、大粒の涙をボロボロとこぼした。根元まで埋めた状態でピストン運動をストップすると、白眼さえ剝きそうになった。口唇からあふれた唾液が、三上の玉袋の裏まで垂れてきた。

それでもやめなかった。

興奮しすぎてやめられなかった。

「むううっ！　むううっ！」

三上は鼻息を荒げて突いた。愛子の顔はすでに真っ赤に染まりきり、純白のウエディングドレスとのコントラストが、たまらなくいやらしかった。

5

愛子の口唇から男根を抜いた三上は、鬼の形相になっていた。

全身がいきり勃っていた。愛子は再び失神寸前の状態になり、肩で息をしていたけれど、三上自身もまた、もう少しで射精に至りそうになるところまで責めつづけた。体中の血液が沸騰《ふっとう》しているかと思うほど、熱狂の最中にいた。

今度はこちらの番だった。

イラマチオのお返しにたっぷりとクンニリングスをしてやりたかったが、彼女は純白のウエディングドレスを着ていた。床に押し倒すのは論外だし、ソファでさえも気が引ける。

逡巡《しゅんじゅん》のすえ、腕を取って立ちあがらせた。椅子に片足をつかせて股間を開かせ、その下にもぐりこむような体勢になった。

仁王立ちフェラの逆バージョンである。

女を立たせた状態でクンニリングスをした経験はなかったが、まず見た目が衝撃的だった。逞しすぎる太腿が白いレースで飾られ、二本の美脚は白いストッキングに包まれて妖《あや》しい光沢を放っている。無防備にさらけだされた股間には、白いシルクのハイレグショーツがぴっちりと食いこみ、モリマン具合もいやらしく眼福を与えてくれる。

「はっ、恥ずかしいっ……」

愛子がもじもじと身をよじった。

「こんな格好なんて、わたくしっ……」

「しかたないじゃないですか」

三上は熱っぽくささやき、白いシルクに包まれた女の部分を指で撫でた。

「横になったら、衣装が汚れちゃいます。これしかないんですよ……このやり方しか……」

ささやきながら、すうっ、すうっ、と女の割れ目を撫でてやると、

「ああっ、いやっ……あああっ……」

愛子はせつなげに眉根を寄せた。シルクの生地越しだからもどかしい刺激のはずなのに、呼吸がみるみるはずみだし、逞しい太腿をひきつらせては震わせた。

すりっ、すりっ、と執拗《しつよう》に割れ目を撫でつづけていると、やがて三上の鼻腔を、淫らな匂いがくすぐった。純白の花嫁衣装に似つかわしくない獣じみた匂いが、湿り気のある熱気とともに、むんむんと漂ってきた。

いい匂いだった。

愛子が漂わせている誘惑のフェロモンにうっとりしながら、三上はショーツのフロント部分に指を引っかけた。ゆっくりと片側に寄せていくと、輝くように白いヴィーナスの丘が現れた。

かつての剛毛は、もうなかった。愛子もパイパンを気に入ったらしく、美容外科で永久脱毛してきたのである。剃刀で剃ったときよりずっときれいな状態で、触れてもチクチクすることがない。

ショーツを完全に片側に寄せると、アーモンドピンクの花が豪華絢爛《けんらん》に咲き誇った。男根を咥えこむ器官であることを生々しく誇示しながら、涎じみた淫らな蜜をしたたらせて

いた。

いつ見ても、いやらしすぎる光景だった。

三上は舌を差しだし、蜜に濡れている花びらの合わせ目を舐めた。

「んんんっ！」

愛子が白い喉を突きだして、腰を跳ねさせる。ねろり、ねろり、と舌を這わせていくほどに、腰がくねりだす。白いレースに飾られた逞しい太腿が、波打つように痙攣しはじめる。

ねろり、ねろり、と花びらの合わせ目を舐めあげながら、三上はクリトリスの包皮を剝いては被せ、被せては剝いた。まだ慎ましげに身をすくめている真珠肉に微弱な刺激を与えては、口を開きはじめたアーモンドピンクの花びらをしゃぶり、肉穴にヌプヌプと舌先を突っこんでいく。

「んんんっ……くうううっ！　くぅううううーっ！」

愛子は真っ赤になって首を振り、白いベールを揺らした。首に何本も筋を浮かべて、こみあげてくる快楽を嚙みしめている。

三上が、包皮を剝ききったクリトリスを舌先で転がしだすと、

「あああーっ！」

ついに愛子は、甲高い悲鳴を広い楽屋中に響かせた。

「ああっ、いやあっ……いやいやいやあああっ……」

言葉とは裏腹に、クリトリスを舐め転がすリズムに合わせて、浅ましいほど腰がくねっている。喜悦の濃さに耐えきれず、時折、ガクガク、ガクガク、と膝が震える。ここが楽屋で、ステージ用の衣装を着けているのも忘れたように、クンニの快感に溺れていく。

じゅるっ、じゅるるっ、とあふれる蜜を啜りながら、三上はたまらない気分になってきた。純白のウエディングドレス姿で発情しきった愛子は、この世のものとは思えないほどエロティックな存在だった。剝き身のヴァギナからとめどもなく蜜を漏らし、クリトリスをいやらしいくらい尖らせていく。ツンツンに尖ったクリトリスを舌先でつつけば、歓喜の悲鳴を撒《ま》き散らす。

最高の女だった。

見た目が「高め」なだけではなく、感度も「高め」なのが、愛子という女だった。いやよいやよと言いつつも、為《な》す術《すべ》もなく快楽に溺れ、淫らな百面相を披露《ひろう》する。類い稀な美貌を惜しげもなくくしゃくしゃに歪めて、男の欲望を揺さぶり抜いてくる。

「ねっ、ねえっ……」

喜悦の涙を浮かべた眼で、上から見下ろしてきた。

「ほっ、欲しいっ……欲しくなっちゃったっ……あなたのものをっ……ねえ、入れてちょうだいっ……」

「神聖な衣装を着て、変なことはできないんじゃないんですか?」

とぼけた顔で三上が言うと、

「もうっ！　意地悪言わないでっ……」

愛子はいまにも泣きだしそうな顔で、淫らがましく身をよじらせた。小鼻を赤くしてハアハアと息をはずませる表情が、背筋を震わせるほどいやらしかった。欲情に切羽つまっている女の表情ほど、男の興奮を駆りたてるものはない。

焦らしてもよかった。

クリトリスと同時にGスポットも刺激して、ゆばりを漏らす寸前までクンニリングスで追いつめてやれば、もっといやらしい表情を拝めるかもしれなかった。

しかし、三上も我慢ができなくなっていた。

愛子が欲しかった。

花嫁衣装を身に纏った彼女と、一刻も早くひとつになりたかった。

「ねえ、お願いっ……お願いよっ……」

愛子は眉尻を垂らして哀願してきたが、表情とは裏腹に、股間のしゃくり方が卑猥になっていくばかりだ。

「早くちょうだいっ……お願いだからっ……」

「ハハッ、わかりましたよ」

余裕の笑顔で答えつつも、三上は息苦しいほどの興奮を覚えていた。勃起しきった男根が熱い脈動を刻んでいるのを感じながら立ちあがり、愛子の両手をテーブルにつかせた。立ちバックの体勢で尻を突きださせ、ショーツを脇に寄せて桃割れの奥に男根をあてがっていく。

「あああっ……あああああっ……」

性器と性器がヌルリとこすれた刺激だけで愛子はあえぎだし、眉根を寄せた顔で振り返った。あわあわと唇を動かしているが、なにを言っているのかさっぱりわからない。

「いきますよ」

三上は息を呑み、腰を前に送りだした。ゆっくりと繋がるつもりだったのに、一気に奥まで入ってしまった。それほど興奮していた。自分を制御できなかった。鋼鉄のように硬くなった男根を、ずっぽりと奥まで沈めきった。

「んんんんーっ！」

体のいちばん深いところに亀頭を感じ、愛子が身悶える。体中を小刻みに震わせながら、腰をくねらせる。その腰を、三上は両手でがっちりとつかんだ。しばし動かないで、結合の感触を嚙みしめようと思ったが、やはり動かずにはいられなかった。ゆっくりと抜いてもう一度入り直しただけで、リズムが生まれた。気がつけば、パンパンッ、パンパンッ、と愛子の尻を打ち鳴らし、怒濤の連打を放っていた。

「ああっ、いやっ……あああっ……はぁあああああーっ！」

愛子のボルテージも、一足飛びに跳ねあがっていく。エンジンはすでに温まっているとばかりに、総身をくねらせてあえぎはじめる。

三上は突いた。突いて突いて突きまくった。頭の中は真っ白だった。ウエディングドレスの純白だ。愛子は三上のために、今日のバースデイライブに花嫁衣装を着てくれる。ならばこの行為はふたりの結婚式のようなものであり、初夜のようなものでもあるはずだ。

身も心も、愛子に夢中だった。未来は不確定でも、いまは全身全霊で愛していた。一打一打突きあげるたびに、野太さを増していく男根が、なによりの証拠だった。愛子ほど興奮させる女は他にいなかった。突けば突くほど、エネルギーがわきあがってきて、さらに奥まで突きあげたくなる。

「あああっ……はぁあああっ……はぁあああああーっ！」

三上の情熱に呼応して、愛子の乱れ方も激しくなっていった。白いベールを揺らしながら、尻を押しつけてくる。少しでも結合を深くしようと、貪欲なまでに尻を動かす。

「いやらしいなっ！」

三上は思わず、スパーンッと尻を叩いてしまった。初めての結合以来のスパンキングだった。一瞬、反応が不安になったが、

「ああっ、もっとっ……」

愛子は振り返って、声を淫らに震わせた。

「もっと叩いてっ……エッチなわたくしに、お仕置きしてえええっ……」

「よーし……」

三上は両眼をギラつかせて、尻の双丘に代わるがわる平手を飛ばした。そうしつつピストン運動を送りこめば、肉と肉との密着感が限界を超えて高まっていく。性器を通じて体が本当に繋がってしまったかのような一体感の中、欲情を燃え盛らせていく。

熱狂が訪れた。

スパーンッ！　スパパーンッ！　と乾いた音をたてて、三上は愛子の尻を叩いた。雪のように白い尻丘が真っ赤になるほど平手を飛ばし、そうしつつ渾身のストロークを送りこんだ。スパーンッ！　スパパーンッ！　と叩いては、パンパンッ、パンパンッ、と突きあげる。ぬんちゃぬんちゃっ、ぬんちゃぬんちゃっ、と粘りつくような肉ずれ音がそれに続

き、淫らな音の競演はヒートアップしていくばかりだ。

愛子はひいひいと喉を絞ってよがり泣き、白いロンググローブをはめた指先でテーブルを掻き毟っている。突けば突くほどあふれる蜜は、床にしたたって水たまりさえつくりそうだ。

「ああっ、ダメッ……もうダメッ……」

白いベールを揺らして、愛子が声を絞った。

「もうイキそうっ……イッ、イッちゃいそうっ……」

「こっちもだっ……」

三上も声を絞り、首に筋を浮かべた。迫りくる射精の予兆に、顔が燃えるように熱くなっていた。愛子はピルを飲んでいるので、中出しOKだった。このまま出したかった。愛子がオルガスムスに達するのと同時に、吸着力を増した蜜壺の中で、思う存分男の精を噴射したい……。

しかし、そのとき。

楽屋のノブをまわす音が聞こえ、

「あれ……鍵が閉まってる。誰かいますか？」

ドンドン、ドンドン、と扉がノックされた。

「もしかして、愛子さんですか？　東京からイベントプロデューサーの人が見えてますけど……」

ライブハウスの若い従業員の声だった。先ほど食事に行ったはずなのに、戻るのが早すぎる。いや、三上と愛子はすでに、一時間近く淫らな行為に耽《ふけ》っているのかもしれなかった。興奮しすぎて、時間の感覚を失くしていた。そもそも、リハーサルまで三時間以上あると油断して、食事に行った従業員たちのことなどすっかり忘れていた。

「すいませーん、誰かいるんでしょ？　いるならいるって言ってくださいよ」

三上はさすがに、腰を使うのをやめていた。愛子も凍りついたように固まっている。それでも絶頂寸前にあるふたりの下半身は、ガクガク、ぶるぶる、と淫らに痙攣を繰り返している。

「つ、続けて……」

愛子は声をひそめて三上に言うと、

「いっ、いまイキますっ！」

扉の向こうにいる従業員に向かって叫んだ。

「いまイキますっ……イッ、イキますからっ……」

早くイカせてとばかりに尻を押しつけられ、三上も覚悟を決めた。尻を打ち鳴らさないように注意して、それでも極力深いところまでストロークを送りこんでいく。扉一枚隔《へだ》てたところに従業員がいるというスリルが、興奮の炎に油を注ぎこんできた。先ほどよりピッチを落とした連打なのに、男根が火柱のように熱く燃えあがっていく。芯が疼いている。射精はもう、すぐそこだ。

「やっぱり愛子さんですかあ」

扉の向こうで従業員が言った。

「どうしたんですか？　なんか声が変ですよ？」

「なっ、なんでもありませんっ……いまイキますっ……わっ、わたくしっ、イッちゃいますっ……くぅううっ！　くぅうううううーっ！」

悲鳴だけは必死にこらえながら、愛子は恍惚への階段を駆けあがっていった。ビクンッ、ビクンッ、と腰を跳ねさせ、五体の肉という肉をいやらしいくらいに痙攣させた。

もちろん、オルガスムスに達すると同時に蜜壺の締まりは倍増した。濡れた肉ひだがざわめきながら吸いついてきて、男根をしたたかに食い締めてきた。

まるで男の精を吸いとろうとするかのようなその動きに翻弄され、三上も果てた。雄叫びをあげたい衝動をなんとかこらえ、ジタバタと足掻いている愛子を後ろから抱きしめて、煮えたぎる欲望のエキスを彼女の中にたっぷりと注ぎこんでいった。

俺の女社長

一〇〇字書評

切・り・取・り・線

購買動機（新聞、雑誌名を記入するか、あるいは○をつけてください）	
□（　　　　　　　　）の広告を見て	
□（　　　　　　　　）の書評を見て	
□ 知人のすすめで	□ タイトルに惹かれて
□ カバーが良かったから	□ 内容が面白そうだから
□ 好きな作家だから	□ 好きな分野の本だから

・最近、最も感銘を受けた作品名をお書き下さい

・あなたのお好きな作家名をお書き下さい

・その他、ご要望がありましたらお書き下さい

住所	〒				
氏名		職業		年齢	
Eメール	※携帯には配信できません	新刊情報等のメール配信を 希望する・しない			

この本の感想を、編集部までお寄せいただけたらありがたく存じます。今後の企画の参考にさせていただきます。Eメールでも結構です。

いただいた「一〇〇字書評」は、新聞・雑誌等に紹介させていただくことがあります。その場合はお礼として特製図書カードを差し上げます。

前ページの原稿用紙に書評をお書きの上、切り取り、左記までお送り下さい。宛先の住所は不要です。

なお、ご記入いただいたお名前、ご住所等は、書評紹介の事前了解、謝礼のお届けのためだけに利用し、そのほかの目的のために利用することはありません。

〒一〇一－八七〇一
祥伝社文庫編集長　坂口芳和
電話　〇三（三二六五）二〇八〇

祥伝社ホームページの「ブックレビュー」からも、書き込めます。
http://www.shodensha.co.jp/bookreview/

祥伝社文庫

俺《おれ》の女社長《おんなしやちよう》

平成27年9月5日　初版第1刷発行

著者　草凪優《くさなぎゆう》

発行者　竹内和芳

発行所　祥伝社《しようでんしや》

東京都千代田区神田神保町3-3

〒101-8701

電話　03（3265）2081（販売部）

電話　03（3265）2080（編集部）

電話　03（3265）3622（業務部）

http://www.shodensha.co.jp/

印刷所　萩原印刷

製本所　ナショナル製本

カバーフォーマットデザイン　芥陽子

Printed in Japan ©2015, Yū Kusanagi　ISBN978-4-396-34144-2 C0193

祥伝社文庫の好評既刊

草凪 優
どうしようもない恋の唄
死に場所を求めて迷い込んだ町でソープ嬢のヒナに拾われた矢代光敏《やしろみつとし》。やがて見出す奇跡のような愛とは？

草凪 優
ろくでなしの恋
最も憧れ、愛した女を陥《おとしい》れた呪わしい過去……不吉なメールをきっかけに再び対峙した男と女の究極の愛の形とは？

草凪 優
目隠しの夜
彼女との一夜のために、後腐れなく〝経験〟を積むはずが……。平凡な大学生が覗き見た、人妻の罪深き秘密とは？

草凪 優
ルームシェアの夜
優柔不断な俺、憧れの人妻、年下の恋人、入社以来の親友……。もつれた欲望と嫉妬が一つ屋根の下で交錯する！

草凪 優
女が嫌いな女が、男は好き
超ワガママで、可愛くて、体の相性は抜群。だが、トラブル続出の「女の敵」！ そんな彼女に惚れた男の〝一途〟とは⁉

草凪 優
俺の女課長
知的で美しい女課長が、ノルマのためにとった最終手段とは？ セクシーな営業部員の活躍を描く、企業エロス。